牛津大学出版社签约作家、《读者》
杂志签约作家共同抒写少年的心灵
和青春的梦想

跟自己

捉迷藏

蔡成 著

山东城市出版传媒集团·济南出版社

**图书在版编目(CIP)数据**

跟自己捉迷藏 / 蔡成著. —济南：济南出版社，
2019.3

（心灵花园丛书）

ISBN 978 – 7 – 5488 – 3593 – 6

Ⅰ.①跟…　Ⅱ.①蔡…　Ⅲ.①随笔—作品集—中国—
当代　Ⅳ.①I267.1

中国版本图书馆 CIP 数据核字(2019)第 036816 号

---

| | |
|---|---|
| **出 版 人** | 崔　刚 |
| **责任编辑** | 张伟卿　姚晓亮 |
| **装帧设计** | 宋　逸 |
| **出版发行** | 济南出版社 |
| **地　　址** | 山东省济南市二环南路 1 号（250002） |
| **编辑热线** | 0531 – 86131741 |
| **发行热线** | 0531 – 67817923　86922073　68810229 |
| **印　　刷** | 山东省东营市新华印刷厂 |
| **版　　次** | 2019 年 3 月第 1 版 |
| **印　　次** | 2019 年 3 月第 1 次印刷 |
| **成品尺寸** | 150mm×230mm　16 开 |
| **印　　张** | 7 |
| **字　　数** | 72 千 |
| **印　　数** | 1 – 5000 册 |
| **定　　价** | 49.00 元 |

（济南版图书，如有印装错误，请与出版社联系调换。联系电话：0531 –
86131736）

# 目　录

## 第一辑　尘世的菩提

第一辑

尘世的
菩提

人生路上，要懂得舍弃，更要懂得转弯！

# 转　弯

　　他是个农民，但他从小便树立了当作家的理想。为此，他十年如一日地努力着。他坚持每天写作 500 字。一篇文章完成后，他修改了又修改，然后端端正正誊写好，再满怀希望地寄往远方的报纸杂志。可是，多年努力，他从没有只字片言变成铅字，甚至连一封退稿信也没有收到过。

　　没有人能够理解他对文学的热爱。当别人都离开乡村去城镇打工时，他留在乡下坚持他的写作；当同龄人开始恋爱结婚生儿育女时，他守在破旧的屋子里一笔一画地继续编织着自己的梦想。越来越多的人对着他指指点点，说他神经上出了问题。他置之不理，他坚信自己总有成功的一天。但成功的一天到底会在哪年哪月哪日来到自己的身边呢？他心中却没敢猜想。

　　29 岁那年，他总算收到了第一封退稿信。那是一位他多年来一直坚持投稿的刊物的总编寄来的，总编写道："……看得出，你是一个很努力的青年。但我不得不遗憾地告诉你，你的知识面过于狭窄，生活经历也显得相对苍白。但我从你多年的来稿中发现，你的钢笔字写得越来越出色……"

他的名字叫张文举，现在是有名的硬笔书法家。一个农民竟然靠自身努力成长为青年才俊，这无疑是个很好的新闻素材。记者蜂拥而至采访他，提得最多的问题是："您认为一个人走向成功，最重要的条件是什么？"

张文举答："一个人能否成功，理想很重要，勇气很重要，毅力很重要。但，更重要的是，人生路上要懂得舍弃，更要懂得转弯！"

云在青天水在瓶，一句看似复杂的禅语，原来，是那样的简单……

# 云在青天水在瓶

这是我儿时认识的第一句完整的话。

我的老家在乡下，小时，乡亲们总会笑嘻嘻地喊一位放牛的老头叫"老右"。其实他不姓右，是省城下放的右派分子而已。老右不生气，他也笑嘻嘻的，还起劲地把我们这些光屁股的孩子叫到一块儿，要我们陪他放牛，然后给我们讲故事。

平心而论，村里人对老右并不坏，只有风声来时，才会装模作样地要他敲敲铜锣游游街。但上级工作组一来则大事不妙，他至少挨皮带一顿抽，十天半月也爬不起床。村里少了老右放牛的身影，也就少了孩子们的许多笑声。老右再出来的时候，背弯了许多，但他依旧笑吟吟。我始终是紧跟他的人，我喜欢那些奇妙的故事，也喜欢他教我认识的每一个字。我问："爷爷，他们打你，痛不？""痛。""那你干吗还笑？""孩子，教你一句话，云在青天水在瓶。"

那一天，我用树枝在地上认识了这 7 个字，但我并不知道它们的意思。后来，我在老右的牛棚墙上又看到毛笔写就的这7个字，我依旧不明白这句子的意思。我再问老右，他答："以后你会清楚。"

老右后来平反了，我也进了学堂门。问过老师，个个都马上喜欢上这句话，但谁也说不清它到底有何深刻含义。我又在朋友、同学、同事中极力"探讨"它的含义，但大家除了无理由的喜欢，就是莫名所以。

前不久，我去听据说轰动一时的励志大师的演讲。在那人云亦云条条框框的说教声里，我始终昏昏沉沉，但不经意听到那句熟悉的话钻进耳朵："云在青天水在瓶……"我打起精神听完他并不精彩的演讲。

等他一停口，我就往主席台后跑，问道："大师，请问，云在青天水在瓶，啥意思?"名人的风度极好，他朝我笑笑说："你看看字眼就知道。"我抬头望望天空，低头瞅瞅地面："就这样简单?""是。"我终于哑然失笑，原来就这样简单，却让我二十余年来念念不忘。正在我为自己多年的难题得以解答而开心的时候，正月去光华寺拜年，因了朋友的介绍，拜识了云光大师。聊及当今物欲横流的某些社会现象，大师道："佛曰，云原在青天之上，水本在净瓶之中，一切终究会自得其所、适得其所的，何必去叹息!"我恍然大悟了，终于明白当年那位右派老人为何总从容淡定。是的，他相信小人得志不会有长久升天之势，贤者遇冤自有逢朗朗乾坤之时，一切终究会有各自的"其所"!

云在青天水在瓶，原来仅仅是自然之道啊。水花或许也会溅上低矮的天空，但绝不能做长久的停留;云彩可以悬挂在山边，但绝不会屈身于瓦缸泥瓶。何必去嫉恨荣华富贵趾高气扬的人，也不必懊恼一时的卑贱贫困，是云或是水，自有"得位"时。佛家有两句著名的偈语，一曰："春日鸡鸣，中秋犬吠。"二曰："青山绿水，处处分明。"在浮躁生活里追名逐利的人啊，我们也许在历尽千辛万苦后能博取荣华富贵显赫功名，但失去的是宠辱两不惊、贫富皆从容的随顺自然心。是得是失，谁可论定？

我不奢望获取闪光的钻石，但希望自己能捧起一把珍珠！

# 六种人生

　　这是一个远古的传说，曾激动过太多人的心，撩拨过太多人的欲望——上帝在遥远的西方堆砌了一座圣山，山上不是泥土沙石，而全部是闪闪发光的钻石！上帝告诉世人，圣山属于整个人类，谁都可以来任意采掘。

　　成千上万的人出发了，奔赴那远在天边的圣山。路途非常遥远，在跋山涉水行走许多年之后，波涛汹涌的大海出现了，人们终于看到了胜利的曙光——根据传说，大洋彼岸就是圣山！

　　一艘艘船舶扬起风帆向大洋远方进发。海上惊涛骇浪、暗流涌动，其中第一种人刚出海就被风浪吓坏，赶紧转舵掉头回家；第二种人坚持前进，但最终因风浪吞没了他们的船只，他们不幸落水而葬身鱼腹；第三种人同样坚持不懈地努力，水尽粮绝后开始捕食水中的鱼虾，他们在捕来的贝壳里发现了珍珠，在收获了无数珍珠后，他们放弃了寻找钻石而选择了返航；第四种人在浩瀚的海洋上迷失了方向，最后无功而返；第五种人费尽心血，在历尽艰辛之后登上了灿烂夺目的圣山，他们掘取了无数的钻石然后兴高采烈地胜利归来；第六种人其实是第五种人的分支，他们也成功地登上圣山，也获取了钻石，但在他们返航的途中，或因得意忘形而找不到来时的路，结果迷失了回家的方向，或因船舶装载的钻石太多以至于船毁人亡……

我也被这个关于圣山的美丽传说所吸引。我正在准备自己的行装，修造自己的船只——或许，更应该说，我已在奔向圣山的途中。我时刻在祈祷，希望自己能成功抵达梦中的圣山。但我又异常清醒，我很难很难登上那遍地是钻石的遥远彼岸。其实我更热切地期盼着的，是自己能成为第三种人：不奢望获取闪光的钻石，但希望自己能捧起一把珍珠！

人生啊，原来是这样的短暂；光阴，竟然就是这样的虚度，浪费一空！

# 给人生算笔总账

人的一生有多长？

有首《莲花落》的歌词写道："人生七十古来稀，我今七十不为奇，前十年幼小，后十年衰老，中间只有五十年，一半又在睡中过，算来仅有廿五年……"民国时期，此歌颇为流行。又据说此歌其实是唐伯虎所写的一首词。但不管来处是何，它把短暂的人生"计算"得一清二楚了。人生，只有区区 25 年！

以上数字是我们中国人得出来的，远不精确，美国人就算得精细多了。据美国《读者文摘》载，一生以 60 岁为标准，共计 21900 天。其中睡眠占用 20 年、吃饭占用 6 年、娱乐玩耍占用 8 年、穿衣梳洗打扮占用 5 年、行路旅游堵车占用 5 年、生病 3 年、打电话 1 年、上卫生间 1 年、闲谈 70 天、擦鼻涕 10 天、剪手脚指甲 10 天……最后的时间为剩余 10 年！天哪，这数字足以惊呆世人！

德国人也来凑热闹，同样算了一笔账。人生也以 60 年为标准，睡觉同样是去掉 20 年，另加看电视、上网去掉 13 年，购物、娱乐等活动排队浪费 1 年半，交通堵塞耽搁 2 年又 4 个月，打电话聊天浪费 1 年，因对方无人接电话结果又浪费 6 个月，赌博去掉 1 年又 8 个月，参加竞选、投票、游行，年轻时打架斗殴，成家后家庭吵架，有小孩后骂骂孩子等去掉 4 年又 3 个月，找东西 1 年，看乱七八糟的广告用掉 2 年，打官司浪费 3 年，上厕所 1 年……最后结果，真正用于工作学习的时间为 9 年 8 个月左右。德国人的细致认真劲在此得到充分的运用，他们的精确数字更让人大出冷汗。

英国人也不示弱，跑出来猛按计算器。英国人说，上帝对我们说——英国人最狡猾，什么事都喜欢借着上帝的口气来发言——人的一生的正确计算法应该是这样的：人的一生暂且定为 100 年，但处于战争时期的岁月忽略不计，处于睡眠状态的时间忽略不计，当政客骂娘喊口号或开会的时间忽略不计，喝醉酒或进了牢房的时间忽略不计，偷情的时间忽略不计，向上帝祈祷时打瞌睡或放屁的时间忽略不计……最后，上帝认为，哪怕你是活到了七老八十的老太婆、老头子，对不起，你的人生除去忽略不计的荒废年月，你还嫩得很哪，还仅仅是无知的少年时代！也就是说，你的人生岁月其实只有十多年！

日本人……

不算了，越算越伤心！

人生啊，原来是这样的短暂；光阴，竟然就是这样的虚度，浪费一空！

有一点需要补充的是，任何一个国家的人们将人生计算完毕之后，都会写道：如果你努力压缩你荒废、浪费的时间，你的人生将相应延长，你，也一定会踏上成功之路！

上帝会送每个人一枚金币，你暂时没有看到它，但你不能否认它的存在。需要的是，自己去努力找寻。

# 每个人都有一枚金币

儿子少年便有远大理想，但他历经千辛万苦，总是失败而归。最后终于失望，他认为心中的目标根本难以达到。

儿子垂头丧气回到家中，躺在床上唉声叹气。父亲走到他的身边，问："孩子，你为何放弃了你的追求？你当年不是充满了壮志豪情吗？"儿子说："父亲，也许我心中的理想根本不存在，也许我向往的成功其实只是一个梦想罢了……"

父亲鼓励他："不，你的目标肯定能达到，也许它即将出现在你的身边或者它已出现在你身边，只是你没有发现而已。"

孩子问："在哪里？我为何总看不到它的迹象，它为何仅仅存在于我的想象之中？"

父亲抓起一团沙土放在儿子手中说："孩子，这是一枚金币，我想送给你。"

儿子疑惑地望着父亲道："这是一把沙土呀。"

"对，这是一把沙土，但又是一枚金币，它就握在你的手中，只是需要你把沙土松散开来看看……"

果然，在那团沙土中间藏着一枚金币——显然，那是父亲放的。"你不能因为看不到金币就不承认它的存在，它只不过埋藏在沙土之中罢了。上帝也会送你一枚金币，它放在某个地方，你暂时没有看到它，但你不能否认它的存在……"

是的，我们太多人没有见过香格里拉，但它的确存在，只是我们与那片美丽的土地相隔了万水千山。

上帝是公平的，他会给予每个人一枚金币，那是我们梦寐以求的，是我们渴望抵达的成功彼岸，是漫漫人生中一枚金灿灿的金币！只是那枚闪亮的金币深藏在某片沙土之下，它需要我们持之以恒地去挖掘，需要我们信心倍增地去找寻。

那天，我跟女孩在公园捉迷藏，女孩乐呵呵地一遍遍找到我，我也一遍遍地找到了自己。

# 跟自己捉迷藏

1996 年夏天，我借了朋友 5 万元钱开始做生意。在第一单生意里，一个朋友将 4 万多元卷走了。

接下来女友因一套房子而跟了一个香港人，而在我好不容易凑齐 1 万多元准备去广州进货时，在车上遇到了窃贼……

那些日子，我整天在荔枝公园里呆呆地坐着。而在我呆坐的日子里，总有那么一个小女孩，也整天一个人在公园里玩。她一会儿咯咯地笑个不停，一会儿又捂着眼睛呜呜地假哭，一会儿又在花丛和树间钻来钻去……有一天，我实在忍不住唤她："小朋友，你整天一个人在玩啥呢？"

小女孩赶紧凑到我的耳边说："嘘——叔叔，小声点，我在捉迷藏，我跟自己捉迷藏哩。"

"跟自己捉迷藏？"

"对呀，我把自己藏起来，有时一下就找到了，我就开心呀，有时找不到，我就假装把自己丢了，我就哭呀，叔叔，我可厉害呢，我最后总找得到自己的，我就开心地笑呀……"

一语惊心！我站起来，在那些失魂落魄的日子里，我不是把自己丢了吗？我曾经的雄心壮志呢，丢哪里去了？我找得到自己吗……

那天，我跟女孩在公园捉迷藏，女孩乐呵呵地一遍遍找到我，我也一遍遍地找到了自己……女孩叫韩亚亚，5岁，她的父亲是公园的清洁工。黄昏时候，我与女孩道别，我说："亚亚老师，谢谢你！"

几年过去了，而今的我在深圳扎下了根：出版了3本书，拥有了自己的房子，有了恩爱美丽的妻……

我常常会默默想起那个名叫韩亚亚的5岁女孩，想起她领着我在公园里跟自己捉迷藏，在一次次欢快的游戏里将迷失的自己找到。

人需饱含一颗感恩之心，才可尽情品尝生命给予自己的甜美琼浆。

# 感恩的心

9岁那年，嘴馋的我为采摘河边的野草莓一个跟斗翻到了村边的河中。浑浊的河水流得急，我本能地一扬手，紧紧抓住了岸边的青草不松手，直到岸上的人救起惊慌失措的我。

回来得知，挽救我的是一把乡间最常见的巴根草。那种草根扎得很深，生命力强，是农民最恐惧的杂草，因为它一旦生长在庄稼地里，势力飞快"壮大"。但我遇险那天，恰恰是因它紧紧地"咬"着地面，我才得以被它"拖"住。

那年，我因病住院。病友中有一位初接触基督教的人，经常为我们解读《圣经》。我不信耶稣，但《圣经》里的箴言，我喜欢。可当时即使有人在不时讲述《圣经》来解闷，病房里还是显得很沉郁。也难怪，生病住院毕竟不是件值得喜悦的事。病友们唉声叹气的多，眉开眼笑的少。

一日，大约是西方感恩节前几日吧，在那位信徒的提示下，我们闲谈，说到了"感恩"。大家一言一语说起自己想要感谢的人和物来。

我说，我要感谢一把草。几乎所有的病友和照顾病友的亲朋们哄笑起来。

我说，是真的……如果当年不是巴根草拉了我一把，将我从死神身边拖回来，我连躺在医院的幸运都没有。

几乎所有的病人马上都沉默了。他们明白我不是在哗众取宠，而是实实在在地感谢一把对他人微不足道却曾对我意义非凡的草……

后来，我们开始争先恐后地列举许多人和事，包括最细微的事情、最卑贱的生命，即使那些沉淀在岁月深处细若尘埃的幼时故事，都被我们挖掘出来深情地表述一番。最后，大家都说，他们要感谢我，感谢巴根草的故事。我说，我也要感谢大家，使我得以掏出心中那把二十余年却依旧鲜活的巴根草。

接下来的日子，所有的病友都感到心平气和。我们总结，世间没有一件事比拥有一颗感恩的心更能让人幸福。这话绝对没错。当一个人拥有一颗感恩的心时，他会发觉身边的人与事都曾给予自己太多帮助、太多快乐，同时也会使自己懂得如何尽自己所能去给予他人帮助与快乐……

当我病愈出院时，我暗暗庆幸，虽病了一场，但我得以知晓感恩的重要。我想我也需要感谢那场病。

因为当白天过去，阳光不再温暖我时，我已开始思考。思考使我内心里充满温暖。

# 用思考温暖心灵

认识这样一位作家，本是位教师，中年时因遭遇车祸而双眼失明。不幸的他并没有沉浸于痛苦之中，而是通过学习盲文，后来开始了盲文写作。

我曾好奇地询问他："你的眼前总是一片漆黑，你如何区分白天与黑夜？"

作家笑答："很简单。当我感到身上很温暖时，我就知道那是白天，因为阳光洒在我的身上；当我感到心中很温暖时，我就知道黑夜已经来临。"

我奇怪地问："心中很温暖就知道黑夜来临？"

"因为当白天过去，阳光不再温暖我时，我已开始思考，思考使我内心里充满温暖……"

这话不错——当我们处于灿烂阳光之下时，我们应当充分去感受光明与温暖；一旦处于灾难、挫折、痛苦等不幸的"黑夜"时，别怕，我们可以用思索来安慰心灵、温暖自己。

如果缺乏亲情，又没有去寻找自己的真心深爱，而只是与钱财、名誉、美貌等身外之物"共结连理"，你一辈子也难获得幸福！

# 悲哀的明星

多年前，一对肯尼亚夫妇带着女儿去美国旅游，在路途中遭遇了车祸，夫妇死了，但不到两岁的女儿幸存下来。当地一个孤寡老人收养了这个可怜的孩子。

小女孩逐渐长大了，但她发现即使在"贫民窟"里，她的周围也大多是白人孩子，唯有她有着黑乎乎的皮肤。她很自卑，更不快乐。女孩16岁那年，收养她的老人逝世了，她只好七拐八拐回到肯尼亚，有幸找到了她唯一的亲人，一个贫困的叔父。

此时，肯尼亚恰恰在举行全国选美。女孩去参加了，她幸运地获得了冠军！名誉有了，可惜肯尼亚的选美大赛有名无利。女孩只能仍旧与叔父一同过着苦日子。

一年后，一个去肯尼亚探险的欧洲人偶然发现了女孩的美。欧洲人把女孩领到了法国，把她培养成了模特。一个名叫"苏茜"的名模很快崭露头角。

苏茜不断地接下各种各样的广告拍摄，事业如日中天。据说，她曾一度进入法国女性富豪榜前三名。

　　苏茜 23 岁时，唯一的亲人——叔父也先她而去了。接着，苏茜嫁给了比自己大 30 岁的经纪人。她一年后离婚，与一位网球名将再结连理。又分手，又结婚；再分手，再结婚……53 岁时，她跟比自己小 31 岁的年轻美男子举行自己的第 8 次盛大婚礼。6 个月后，苏茜因忧郁症在医院的寂寞中自杀身亡。

　　初听这个故事，我感到一点也不精彩，太老套。然而，后来多次回味，细细思量，才发现从中可以拣拾起一串"珍珠"：即使是"丑小鸭"也可能获得选美冠军，再贫穷的人也可能一夕致富，再默默无闻的人也可能一朝得意而名闻天下，但，你如果缺乏亲情，又没有去寻找自己的真心深爱，而只是与钱财、名誉、美貌等身外之物"共结连理"，你一辈子也难获得幸福！

我们没法移动太阳，但我们可以移动自己的脚步，总能追逐到灿烂的太阳。

# 追逐阳光

1993 年，我在湘西某乡政府当计划生育干事。领导当时解释说让我先下基层锻炼一年，以便将来重用。但那是个极其偏僻的山区，村里人多迷信愚昧，据说以前的政法部门上屋揭瓦、进门牵牛他们也不顾，愣是要生三胎四胎。他们甚至四处躲避，为的是生育更多的孩子。我整天费尽口舌宣传国家的计划生育政策，可总无人听信我筋疲力尽的说教。

我的工作可想而知的艰难。我成了乡里最不受欢迎的人，天天面对村民的白眼，甚至谩骂。

我渐渐厌倦那种生活，开始敷衍工作，整天无精打采。与我同住一屋的是一位老作家，他是市文联来山区深入生活的挂职副乡长。老作家没别的爱好，除了经常到乡间去与村民热闹成一片外，总待在家写写笔记种种花。

他种的花很常见，两株野菊花，三盆杜鹃花——杜鹃花在当地叫映山红，漫山遍野都是，并不觉得美，但怪的是，一旦被老作家种植到庭院里，便显得分外娇艳。

乡政府大院建在一处低矮的山坳里，我俩合住的屋子在大院最深处。屋内潮湿阴冷，偏偏头顶有两棵高大的樟树罩着，太阳终日难以普照。野菊花、映山红的生长无须沃土，但阳光少不得。作家早上将花盆搬到西墙根，中午又挪到大门口，到了下午又将花移到东墙根——不为别的，只是为了让那透过两棵樟树空隙间的阳光照到花朵。

我帮手过几次，后来烦了，苦笑道："作家，你何苦呢，整天忙碌着把几盆破花搬来搬去！"

作家也笑道："没办法，我不能移动太阳，让温暖的阳光长年累月来照耀鲜花，那只好辛苦自己了，靠自己辛勤移动鲜花追赶太阳，让鲜花依旧感受到阳光的灿烂……"说完，作家认真地看我，好久无语。我马上明白了，老人看我时，慈祥的目光带着意味深长的告诫。

第二天起，我重新满怀信心地投入到计生宣传工作中。8个月后，乡里的计划生育工作获得市重点表彰。

很快，我因此而被提前召回市机关另任他职。再过半年，我因厌恶"官场"而辞职远赴南方……

时过数年，我与当年的老作家还保持着联系。我告诉他经过自己的多年努力，我已逐渐远离了生活中、命运中的"阴暗"，而站在美好幸运的"阳光里"。我还说，当我在南方终年明媚的天空下自由自在地生活、工作时，我时常会想起他所说的那一番话，也发现自己自始至终是沿着他的告诫而脚踏实地地前行。我接着说，确确实实，我们没法移动太阳，但我们可以移动自己的脚步，总能追逐到灿烂的太阳，总能使自己被明亮的阳光所照耀而永远感受温暖！

　　一语惊心！恍然彻悟的有苏大学士和与他相隔近千年之后的我：求人不如求己。


# 念自己的佛号


　　苏东坡与佛印禅师一同经过一座寺庙，见到马头观音的石像。苏大学士突然发现一件很奇妙的事情：那尊观世音菩萨的石像在脖子上居然挂了一串念珠。苏大学士起了疑惑，问："我知道世人拿念珠拜观世音是为了念观音佛号，但观世音菩萨自己拿念珠念谁呢？"

　　佛印答："念观世音菩萨的名字。"

　　"可是她自己不就是观世音菩萨吗？"

　　佛印说："是啊，因为她知道求人不如求己呀！"

　　一语惊心！恍然彻悟的有苏大学士和与他相隔近千年之后的我。

　　突然就想起见过不少阿弥陀佛的塑像或雕像，似乎也有不少是挂了副念珠在胸前的，他们大约也是在念自己的"南无阿弥陀佛"这世人尽知的佛号吧。别的拥有自己的念珠的佛呢，莫不一样？

诚心向佛的人何止万万千千，再虔诚的信徒，哪怕他念一辈子佛号，拜一辈子佛像，求一辈子佛的恩赐，可他依旧是世间的凡人，是永远成不了佛的。而佛是睿智的，之所以他们能成为大彻大悟、受到世人朝拜的佛，大概正是因为他们懂得念自己的佛号，懂得求人不如求己吧！

最美的设计，是无须设计。最美的人生，不会来源于空想，而是用脚步丈量。

# 迪士尼乐园的小路

每逢在街道绿化带或公园休闲时，我常会见到这样的警示牌："禁止践踏草地""爱护花草，严禁践踏"。

但无论警示牌多么醒目，我总会见到花丛中、草地上被人们踩出或宽或窄或深或浅的小路来。甚至有关管理部门另出高招，将花草用栏杆围起来，也难使之得到有效保护。这让我总是情不自禁地想起迪士尼乐园的小路。

迪士尼乐园的设计非常严格，包括其中的一些细微的路径也极为严谨精致。在 1971 年伦敦国际园林建筑艺术研讨会上，迪士尼乐园的路径设计就获得过"世界最佳设计"称号。当时迪士尼乐园的总设计师是格罗培斯。迪士尼的路径设计获奖后，许多记者去采访这位大名鼎鼎的设计师，希望他公开自己的设计灵感与心得。

格罗培斯说："其实那不是我的设计，而是游客的智慧。"接着，他公开了路径的修筑过程——

迪士尼乐园主体工程完工后，格罗培斯宣布暂时停止修筑乐园里的道路，而是指挥工人们在空地上撒上草种。接下来，乐园宣布提前试行开放。5个月后，乐园里绿草茵茵，但草地上又出现了不少窄宽不一、幽雅自然的小径，那是蜂拥而来的游客们践踏出来的。格罗培斯马上命令工人们根据草地上出现的小路铺设人行道——就是这些由游客们自己不知不觉中用脚步"设计"出来的路径，在后来世界各地的园林设计大师们眼中成了"幽雅自然、简捷便利、个性突出"的优秀设计，也理所当然被评为"世界最佳"……

无须设计仅顺其自然的路径竟成了"最佳设计"大获好评，这不能不引起我们深思。其实花草的种植、园林的设计、环境的美化，都固然要求美观大方，给人们带来美好的享受，但由此而忽视群众的生活便利和日常习性，则有些舍本逐末了。中国古代历史上有夏禹治水的故事，禹舍弃其父鲧之"堵塞"而采用"疏导"办法，顺水势而导其行，使肆虐了数十年的滔滔洪水得以"治平"，其实也是同样的道理呀。

格罗培斯说，道路的最佳设计往往不是挖空心思想象出来的，而是用脚步丈量出来的。一语惊心——人生的路又何尝不是如此！

第二辑

阳光的声音

不知道，世间是否还有另一种理想，能如此触动我的心弦。

# 最动人的理想

难得回一次湖南老家，我到曾读书四年的金盆小学看望年迈的老师。

与老师东拉西扯，闲聊。聊着聊着，就随手翻看起桌上的一摞作文本来。老师说，孩子不多，整个二年级才一个班，共24个学生。

在乡下的学校，二年级孩子刚学习写作文。每个本子上的作文都很短，大多干巴巴的一页就完事。乡下孩子终究不比城市孩子，想象力极其苍白，那些短短的文字实在无味。但，我翻着翻着，竟然停下来细心、反复去阅读一篇《我的理想》了。

粗糙的格子本上写道：我的理想——阿爹还没走（当地指人的"死"为走）的时候，他对我说，你要好好学习天天向上，长大做个科学家；妈妈却要我长大后做个公安（人员），说这样啥都不怕。我不想当科学家，也不想当公安。我的理想是变一只狗，天天夜里守护在家门边。因为妈妈胆小，怕鬼，我也怕。

但妈妈说，狗不怕鬼，所以我要做一只狗，这样妈妈就不怕了……

作文短，刚好一页，字歪歪斜斜的。那一页，被老师画了道大大的"红叉"，没有打分，估计是严重不及格了。是呀，普天之下有谁的理想是成为一只狗呢？做老师的，一定斥责这孩子有点毛病。

可当时的我，眼前烟雨蒙蒙，泪差点当即落下。远离贫困的家乡，我已在城里生活了好多年。经历过各种世相人情，很难再有什么细小入微的事让我轻易感动。然而，那一天，我被这个二年级学生幼稚天真的"理想"弄得鼻子酸酸的。我想说，我从没有读过如此动人心弦的文字，世上也应该没有比这更加美丽感人的"理想"。

可以贫穷，可以陈旧，只要我们的微笑，我们的思想，日日常新。

# 我的微笑是新的

那一年的夏天，我去湘西山区采风。火车到吉首后，我与几个从事民俗研究的朋友合租了一辆小面包车赶往一个名叫书家塘古堡的村庄。

车颠簸了四个多小时才终于到达目的地。书家塘古堡是个有着上千年历史的村庄，位于凤凰县南部，全村人都姓杨，自称是北宋杨家将的后代。他们是否是杨家后代有待考证，但村里基本上还保持着成百上千年前的原状，一切透着神秘淳厚的古朴：所有的房子依旧保持着石块垒起的原状，墙壁上布满年岁久远的烟尘；随便一个雕花精致的窗户和椅子都可以算得上绝对的古董文物；甚至村里任何一条青砖铺就的小路，都至少是刻满了千百年来的足迹……

我们一群人在村庄里穿行，不时发出感叹之声。或许村里少有穿着鲜艳的外地人光临，几个孩子跟着我们看热闹，不停地对着摄像机、照相机很好奇地指指点点。当我们走进一个石头台阶保存完好、槽门特高的小院子时，身后一个小男孩蹿到我们眼前说："这是我们家，你们看久些吧……"孩子几步跳进了家门，大喊："妈妈，妈妈，来人了……"

孩子的惊喜与热情感染了我们。有人招呼他："小朋友，来，我们给你拍一张照片……"

男孩雀跃起来，好呀好呀。他还像模像样地在家门前摆出个抬头挺胸很是威风的样子。岂料还没等我们的摄影师调整好最佳角度，屋子里出来个妇女，大喊："别照别照，细伢子，你这样子照啥相呀……"孩子却仍旧积极得很，偏叫我们快快快。

男孩的妈妈过来扯他，还做出要动手打他的假样子，嘴里没忘叫喊："鞋子都没穿，裤子是旧的，衣也旧邋邋（邋遢破旧）的，现丑呢，快别照……"

小男孩见妈妈的手快要落到身上了，机灵地一蹦就躲开了："我，我……"他光着脚丫子一边跳，一边脱口而出，"裤旧衣旧，旧旧旧，我不怕，我的笑是新的哩，嘿嘿嘿……"

我们哄的一声大笑起来。但，片刻之间，我们都止住了笑，相互对视了一眼。瞧，孩子说的啥？我的笑是新的！

那一天，我们坚持为孩子照了不少照片，因为他脸上灿烂的笑容，更因为他随口而出的那句颇有哲理意味的话：我的笑是新的。

那只是一个未谙世事的山村小男孩，对他而言，也许仅仅是毫无含义随口而出的一句话，却让我们深受感动：生活中谁都能成为哲人啊，哪怕只是年幼的孩子。的确，我们的衣服是破旧的又何妨，我们的房子是破旧的又何妨，我们所拥有的生存环境是破旧的又何妨，只要我们脸上的笑时刻是新的，只要我们的思想时刻是新的！当我们的脸上每时每刻都能展现出崭新的笑容时，我们所拥有的，便已是新的生活！

如果将每一寸欢喜每一段快乐全部储存起来，那将是人生最大的财富！

# 快乐存折

国庆长假将近，周围的朋友纷纷要我这喜欢出门看山看水看云月的人推荐一个风光最好的地方。我脱口而出：湘西凤凰。按说，凤凰并不一定是华夏大地最秀美的地方，但这方出了文学大师沈从文和书画大师黄永玉的热土，的确令我难忘。不仅仅因为那里有让人流连忘返的风光，更是因为在那里我遇到了一位终生难忘的老人。

我去凤凰是在 6 月，水清山翠的人间仙境使我着迷。我在那里待了 4 天。最后一天，我沿沱江一路行走，一路拍照。我异想天开，希望遇见像翠翠那样的美丽姑娘。我当然没有遇到，但我碰到一个老人。他也沿着江边行走，手拎一个塑料袋，不停地捡拾江边的垃圾——这并不令我感动，在我们的周围，为了美化环境而做着默默贡献的人很多；倒是他时不时地停下来掏出挎包里的一瓶水倒水喝，那喝水的搪瓷缸引起了我的注意，那上面竟然清楚地印着"毛泽东光辉思想万岁"。

看得出，那是一个岁月久远的"古董"了。我忍不住上去搭讪："老伯，您这茶缸可有些年代了呀。"

老人举起手中正喝水的搪瓷缸，端详片刻，笑笑说："是呀，它陪了我三十多年啦。"顿一顿，老人又从包里掏出一个本子，翻了翻，接着说，"小伙子，你看，这是我获得'毛泽东思想学习标兵'的奖品呢……"

我对那个小本子感兴趣了。那是一本过去年代的"工作日志"，粗糙的封面上写着4个大字：快乐存折。见我打量那个小本子，老人的兴趣更浓了，说："我有好多个这样的本子，专门记载经历过的欢乐事情……"

老人名叫刘晋湘，原是山西人，后随南下大军来湘，退休前担任一家灯泡厂的党委书记。老人拍打着小本子，脸上洋溢着喜悦道："我每天都带一两个小本子出门，时不时打开看看上面记载的东西。这是我父亲小时候讲给我听的，多记着一些高兴的事情，时时刻刻忆起，就一定会感到生活永远是欢欢喜喜。如今我也同样教我的孩子们，我的小儿子为我们的小本子统一取名，叫'快乐存折'，我现在经常领取这些'存折'的'利息'呀，一翻开'存折'就感到享受不尽的欢喜……"

快乐存折，多美的人生设计！

我默默地翻看，那上面全部是快乐生活的点点滴滴：小儿子升任某公司经理，女儿结婚，大孙子考上上海交大，向陕西某地捐款一千元……

"存折"里没有一宗伤心不快的回忆。但我清楚，这位南下的老干部显然应该经历过许多痛苦往事：老人的祖上是晋商，他又曾担任地方重要干部，在那妖魔横行的年代，势必受到过不少非人的待遇，但他没有记录；冬去春来的岁月交替，他难道不曾遭遇亲人病故人生厄运？但他也没有记录……没有，没有一件伤心往事出现在小小的本子上，进入那小小的"快乐存折"。

当天晚上，我告别了凤凰。

想起来，我的凤凰之行，应该说收获不菲，不仅仅是感受到了祖国河山的美好，更感受到了浅显而又深远的人生哲学的无比美丽：别把生活中黑暗丑恶的日子放入你的人生存折，而应把美好快乐的生活进行储蓄。人一生里会拥有多少快乐时光，经历多少快乐故事？如果将每一寸欢喜每一段快乐全部储存起来，那需要多少的存折呀？那，又将是多么巨大的财富！

美丽的凤凰之行，是我领取的人生快乐存折的第一笔储蓄！

阳光是有味道的，仅仅只需用你的清凉之心去细细品尝。

# 不要冷落了阳光

认识了文友陈卉，我便捡拾了这么一个俨如碧玉般清凉的故事。

那年我 21 岁，放暑假后，我跟几个同学去张家界游玩，共 7 人，其中 5 个男孩，两个女孩。

女孩一个是我，一个是蓓。蓓长得不是特别漂亮，但清秀，又不喜欢涂脂抹粉，这让她看起来清纯无瑕。她是那种很会来事的女孩，在班上颇受大家欢迎。到出发前，我都还未弄明白蓓为何邀请我一同做伴跟随他们去游玩，我与她并不怎么友好。严格来说，在班上谁也不与我十分友好，因为除了成绩优秀外，来自乡下的我实在太丑。我只有 1.55 米，又肥又胖，还黑。我听说过，男同学们在背后叫我"猩猩"。所以当蓓热情洋溢地邀我跟她一起出游时，我心底里尽是欢喜，我多么渴望一个不以貌取人的朋友呀。

从长沙坐火车经过几个小时的颠簸，我们到达张家界这个

35

驰名中外的风景名胜。因为都是学生，没钱，我们不能坐滑竿，也不能坐缆车，只能一步步沿着大麻石铺就的路朝山顶走去。风景的确很美，每一道清澈的山溪，每一块奇巧的巨石都让我们惊呼不已。几个男孩"承包"了所有体力活，他们把我和蓓身上的背包都扛在肩上，一路上向前猛冲。应该说，进大学两年了，我从来没有如此开心过。但渐渐地，我感到了寂寞。

因为肥胖，我越来越感到脚步沉重，而蓓和那5个男孩一直兴致勃勃地往前走。我逐渐与他们拉开了距离。我接连几次呼喊他们等等我，但没有人听到，或者说，根本没有人在意我的呼喊。两个女孩中，蓓美丽聪明，大家众星捧月一般围着她转，哪里留意丑陋的我呢？我终于明白蓓为何会邀请与并不深交的我一起出游了。我的脚步更加沉重了，后来干脆坐在半山腰休息起来。坐了很久，心里胡思乱想，一直没有同学下来找我，也没有听到呼喊我的声音。年轻的我终于忍耐不住，委屈、伤心的泪水夺眶而出。我隐隐约约还能听到蓓的欢笑，但我只觉得那笑声是那样的刺耳，我也感到身边的美景无端地阴晦起来。

也不知过了多久，身边多了个小伙子。应该说，他是走过我的身边几步，大约是看到了我的泪水，他回过头，停在我的身边。"来擦擦，干吗伤心？"小伙子的普通话很别扭，听得出，应该是广东或香港来的游客。干吗伤心？是啊，干吗伤心，有什么可以令我那样伤心？

我自己也一时难以找到答案。我摇头，我的确不知道。

小伙子果真是香港游客，他拍拍我的肩，指着从树林缝隙里斜照下来的光线说："你看，多美呀，快看，别冷落了那么美的阳光……"夏天的张家界正是艳阳高照的时候，但因为山林茂密，热烈的阳光只能从林叶的缝隙间点点滴滴地照射下来，实实在在是美不胜收！

别冷落了阳光——多美的一句诗！我站起来，怔怔地看他。他真是个英俊潇洒的男孩呀，高大挺拔，满脸微笑。他又递上一张纸巾说："再擦擦，你笑笑一定很美，来，我给你拍一张……"灯光一闪，我才惊慌失措地笑起来。他孩子般地笑道："哎呀，错过了，来，再来一张，你与阳光合个影……"

陌生的男孩终于挥手往前走了，他说他当天还要赶火车回广州再回香港。而我心情明朗起来。因为陌生人的轻轻关切，因为我不想冷落了阳光，因为我实实在在感受到心中的感动，那是沁人心脾清香缭绕的感动啊。我又一次落下泪来，但已不是伤心的泪，而是因为心的怦然跳动。

我不知道是否还有人像我一样，在最寂寥无助的时候，在最落寞孤单的时候，因为陌生人的丝毫关切与关注，能使自己泣不成声。想起来，这样的感动也许有些愚蠢，但我不后悔。在那次感动中，我觉得自己悄悄地成长了一大步。

9年过去了，我早已毕业走上社会。生活中再没有一次感动能让我如此怦然心动、记忆深刻。我永远记住了那位仅有一面之交的陌生人，记住了那句"别冷落了阳光"的话。我自始至终不敢去冷落每一束阳光，我爱着阳光的温暖；我也自始至终坚持关怀着身边的每一个人，我不敢冷落了那些外表不美但心灵美好的人。后来，我开始了写作，多年努力后，逐渐有读者来信，说我的文字有着"芬芳的味道"。我想，那应该是真的。因为我在写任何一个字时，我都清楚地看到阳光，看到明媚灿烂的阳光。而阳光的味道永远是芬芳的，它渗透到我写的每一个字里……

肩负重任、心上承受巨大压力的人，他们的脚步却越走越稳健，他们的内心会愈来愈充满信心。

# 挑着重担上山

与一帮朋友去武陵源风景区旅游，爱上了那里的奇峰异石、碧水蓝天。但在我脑海里留下最深刻印象的，并不是武陵源的美景，而是我们攀登天子山时遇到的挑担子的山里人。

其实，当我们刚从天子山下沿着一级级大麻石铺就的山路拾级而上时，我们身边就稀稀落落走过数个肩挑担子的山里人。但我们并没有过多去留意，只是感到奇怪，轻装上阵的我们在陡峭狭窄的山路上刚行走几步就气喘吁吁，那些重担在肩的山里人竟然脚步稳健而迅疾，似乎一瞬间就淹没在莽莽林海里不见了身影。同行的朋友们纷纷赞叹山里人的健步如飞，又颇不以为意地以"熟能生巧、习以为常"来看待他们的行走迅速。

我们走走停停，花了大半天才精疲力竭地登上了山顶。就在我们欢呼着歪倒在地上时，我看到路边松树下也有一个山里人在休息。我随意朝他挑着的竹筐里瞟了一眼，我的眼光就直了。他的一个竹筐里竟然是块大石头！天子山漫山遍野都是石头，他不辞辛苦从十余里地的山下挑块巨石上山！

我惊异不已地问："您历尽辛劳，就为了去山下运块石头上来？难道这块石头跟山上的石头不同，很珍贵吗？"山里人笑着摇头道："不，这石头没啥用，我是拿它来压担子的。"

"压担子？"我更糊涂了。

山里人用粗黑的手拍拍另一个竹筐说："我是下山采购这些东西的。"那个竹筐里整整齐齐地放着一些诸如牙刷、毛巾、袋装熟食等小商品。那人解释道："我家就住在山顶上，现在来旅游的人多，家里不时有人找上门来住宿或买点小东西。熟食这些东西怕过期，一次采购不能多，担子的一边不放块石头的话，分量太轻易出事。"山里人没容我们发问，接着说，"早些年有人挑担子上山，因为肩上太轻，不小心一脚踏空滚下了山崖。你们不知道啊，肩上担子重了，我们才走得小心，走得踏实……"

听到这里，我们都倒吸了一口凉气。天子山越往山顶走路越陡峭，许多山路边即是一望不见底的悬崖绝壁，一旦不幸滚落下去唯有粉身碎骨。我们又恍然大悟，原来所谓"压担子"是用笨重的石头来增添肩上的重量，使自己行走起来更为安全。我与我的朋友面面相觑，我们都在为自己的浅薄而羞愧——假如说在充满险阻的山路上行走迅疾确实是熟能生巧的话，那么通过压担子的办法来增加脚步的稳健，这便是山里人一代代人积累起来的非凡智慧。那块随处可见的普通石头，哪里是仅仅用来压担子呢，它是挑担者的生命保障，更是挑担者心中沉甸甸的希望。

山里人挑着担子晃晃悠悠走后，我还在低首沉思。我终于彻底明白了，为什么人生路上，那些条件优越轻松奔跑的人往往半途而废，或是一生碌碌无为，那是因为他们从没有给自己的肩膀添加一副重担！可那些肩负重任、心上承受巨大压力的人，他们的脚步却越走越稳健，他们的内心会愈来愈充满信心。最终，也正是他们，往往能在历尽艰辛之后，顺利抵达人生的巅峰。

美化了工作，便美化了自己的生活。


# 美化自己的工作


去宁乡出差，发现这地处偏僻的小县城，刘少奇主席的家乡，经济正处于蓬勃发展之中。但，记忆里最深刻的不是热火朝天的经济建设，而是一位极为特殊的清洁工。

县城不大，从老街区的东面走到西口，估计两支烟的工夫足够。我缓缓地沿着玉潭路行走，打量着这座陌生的湘中小城。中午时分，在一所小学门前，我发现许多孩子围着一辆黄色的铁架子车闹哄哄地在忙活。好奇心促使我停止了脚步。孩子们闹了一阵之后，可能是下午的上课铃声即将响起，便一窝蜂跑进校门去了，余下铁架车停在原地。我讶异，那分明是个随处可见的垃圾手拉车呀，而它旁边是一位穿黄衫的清洁女工在忙着打扫地面，不知因何颇受孩子们的欢迎。

兴许是职业习惯（热衷于业余写作）吧，我晃晃悠悠走上前去。那果真是辆垃圾拖车。其实外形跟经常见到的铁皮垃圾车无二样，只是它加上了一个盖子，而且周身油漆成米黄色，而车身绘上了米老鼠与一只猫"作战"的卡通画。那画幽默风趣，难怪孩子们喜欢。

清洁工看我打量那怪模怪样的垃圾车，一把扯下嘴上的口罩，笑着说："少见吧，这是我的专用垃圾车。"那是个中年女工，清瘦，脸上竟露出颇得意的笑，"我们这里独一无二的呢……"

在我的询问下，这位名叫孟菊花的健谈的女工开心地诉说她的事情。前几年"五一"，她从某商场下岗，承包了一段路的环卫工作，每天拖着垃圾车打扫街道。一因为下岗，二因为最初自己也认为清扫大街丢人现眼，三因为臭气熏天肮脏污秽的垃圾车所到之处人人避而远之，孟菊花极难堪。后来，当油漆工的丈夫出了一个主意，为她把垃圾车涂上崭新的油漆，并由喜欢画漫画的小儿子隔一俩月便绘上不同的精彩漫画。为免垃圾臭气外溢，他们还为垃圾车配上一个盖子。此举极受当地居民尤其是沿路孩子们的欢迎。垃圾车，简直成了一个美丽的艺术品，一道风景。

孟菊花乐呵呵地说："孩子们经常来看车身上不断更换的漫画，他们还热心地把学校的垃圾扔进垃圾车里，那些废纸皮纸屑我收集起来还挣了不少'外快'（废品收入）呢……不管再苦再累，我一定要首先把自己的垃圾车的车身清洗得干干净净光洁明亮才出门，那样别人才不会一见就产生厌恶感呀。我想了，我还准备挂一台小收音机在上面，自己一路可以听音乐，路人也可以听……"

听着这位普普通通女工的一席话，我在心里由衷地赞叹。总听说"劳动人民的智慧"这一词语，这便是呀。以前，我见过不少赞美清洁工的文章，歌颂他们用任劳任怨、吃苦耐劳的工作换来了城市的美丽，其实想起来，他们都只是尽心尽职地完成艰苦工作。而孟菊花在努力工作的同时，却首先美化了自己的工作，她使自己的工作焕发出了芳香的味道。因为美化了工作，便美化了自己的生活，更美化了周围人的生活。

看山是山，看水是水；看山不是山，看水不是水。

# 花非花

　　花盆里的花死了，母亲舍不得把花盆扔掉，就将老家乡下带来的几颗红菜种子丢在花盆里，想不到它很快就发芽生长。母亲在每个花盆留下长势最旺的一棵，其余的就拔掉扔了，因为花盆实在不大。

　　深圳天气好，又加上母亲的悉心打理，那 5 棵红菜居然长得郁郁葱葱。

　　一天，儿子的几个小伙伴来玩，看到了阳台上的花盆。孩子们没见过湖南乡下的红菜，又见那茎与叶子的脉络都红彤彤的，问儿子："这是什么花呀？"儿子说："这是我家养的药，吃了长得高的药。"其实那是我哄儿子的，他从来不吃青菜，只肯吃鱼肉，我只好出歪招说那是"长高药"，吃了能长高。儿子试试味道，居然有不苦的药，又能使他长得高，也就一直吃得挺起劲。

　　又有小孩说："那不是药，那是草，我外婆家的地里都有。"

小家伙们吵吵闹闹，谁也不服输，最后要我来决定胜负。

我正在书房看《星云禅语》，这是台湾星云大师写的一套很有名的佛家著作。巧的是，当时我正看到大师讲"看山是山，看水是水；看山不是山，看水不是水"的禅解。我心里一动，随口问孩子："你们说是什么？"小家伙们争先恐后地嚷嚷，"是花""是草""是菜"，还有个小孩居然说"是树"。

我笑了，当然不好自己拆自己的台，免得儿子以后不肯吃青菜，又想起《星云禅语》里的文字，灵机一动，说："都是对的，吃它时，它就是菜；只看它时，它就是花；把它丢到野外去自己生长，以后就成了草；如果你们只吃鱼呀肉呀，你们就会生病，再吃点它的话，它就是药；要是你们看过《小人国的故事》的话，你就相信它在那里面是好大好大一棵树哩……"

等孩子们哎呀哎呀叫喊一阵，又开开心心地跑去看他们的"花草树药"了，我却已静不下心来看书了。有个词叫"醍醐灌顶"，我想我在那一刻也豁然开朗了。其实生活中太多的事物与事情也"看山是山，看水是水；看山不是山，看水不是水"，如果换一个角度，变一种思维，挫折不就成了磨炼、打击不就成了激励？痛苦之后幸福会接踵而来，而贫穷往往最易造就最后的富有。断臂的维纳斯是世界上的美神，缺一个角的陶瓷何尝不能成为一个独一无二的艺术品……

它是一块极普通的河卵石，又是一块无价之宝！

# 传家宝

我太爷爷死的时候，传给我爷爷一颗宝石。太爷爷说："孩子，这是我们祖上传下来的一块宝石，我小的时候，我爹就跟我说，这块宝石能换很多黄金，但记住，再穷也不能把它卖了……"

我爷爷老了，对我父亲说："孩子，这是我们的传家宝，再穷，你也不能把它卖了……"

我的母亲生了6个孩子，家里穷得揭不开锅时，母亲带着我们去挖野菜吃，但父母整天乐呵呵的。夜深人静时，父亲会把宝石拿出来给我们看："孩子，别看我们吃野菜，其实我们是村里最富有的人，这块宝石如果卖掉，我们能买下一座城市……"父母脸上是富裕满足的笑，我们饿得发黄的脸也放出光彩，我们不知道那块被抚摸得滑溜泛光的宝石到底值多少钱，但我们知道一座城市有多大。六姐弟缩在被子里偷偷嬉笑："我们是村里最有钱的人，嘘——小声点……"

我是家中最小的儿子，却是唯一常年居住在大城市的人，最后父亲把宝石交给我保管。在上海某个叫《传家宝》的电视节目里，我小心翼翼地把宝石拿出来，交给在场的专家鉴定。在现场，我把宝石的故事讲给在场的观众听。所有在场的人都把嘴巴张成了"O"形。主持人把那宝石小心谨慎地举在手上向观众展示。在观众为它估价时，最低报价是100万元。

　　专家在细心鉴定之后肯定地说："它是一块极普通的河卵石，又是一块无价之宝！"

　　观众们在一愣之后，发出极热烈的掌声！

　　是的，这是一块最普通的河卵石，在我拿它去河边与河水里的石头比较过之后我就肯定了。从电视台回来后，我立刻召集侄儿外甥们到一块，说："孩子们，我们是世界上最富有的人，这块宝石是无价之宝，但记住，以后再穷也不许卖它……"我把宝石依旧小心翼翼地放进锦盒里。

　　孩子们齐声欢呼起来："我们最富有！"

　　是的，我们是世界上最富有的人。其实世界上谁都是最富有的人，如果你注入深情和岁月，任何东西都能成为无价之宝！

她是一位下岗女工，也绝对是一位好母亲，更是一位最好的老师。

# 最好的礼物

　　朋友潘登在大亚湾核电公司上班，人长得娇弱，却连续几年积极参加义工联活动。听说我在从事写作，小潘告诉我一件她亲身经历的事。她说："我不知道这适不适合书写，但我对这事感触很深。"

　　某次，义工联决定组织部分义工去儿童福利院，电话通知时，组织者对参加者说："如果条件允许，你能不能准备一份礼物赠送那些可怜的孩子。"

　　周六一大早，大家在预定的地方集合，然后统一坐车前往福利院。

　　简短的欢迎仪式后，大家来到福利院的屋子里。大家看到铺满软泡沫的地上尽是哭叫、打斗、追逐、玩耍的孩子，还有那痴痴呆呆坐在角落口水直流的，甚至还有缺胳膊少腿的……

　　福利院负责接待的领导是位慈祥的老太太，据说是从一个高级教师的职位上退下来的。她热情地把义工叔叔阿姨们介绍给孩子们，然后请义工们各自把手中的礼物赠送给孩子。

各种各样的礼物纷纷出场了。有拿出玩具枪送给小男孩的，有把小火车塞给孩子的，有精致的绒毛狗，有昂贵的电动恐龙，有精美的幼儿教育图书……最后一位走出队伍的是位女士，她涨红着脸走向一个瘦弱的又少了条腿的小女孩，犹豫了一下，终于把手中一个小小的布娃娃递给她，又从包里掏出两套极小的娃娃衣服。看得出，那布娃娃以及小衣服都是用旧布缝制的。女士弯腰对小女孩说："好孩子，这是阿姨亲手为你做的娃娃，她叫逗逗，可以天天逗你开心。她以后就是你的小妹妹了，你可要好好爱护关心逗逗。还有，她有两套备用的衣服，你要经常为她换洗衣服，要教她讲卫生……"

那一天，福利院接受礼物的孩子们脸上都是笑吟吟的，但看得出，几乎每个孩子的笑都有些机械，也许那是保育员们事先的"排练"功劳，又或者仅仅是因为如此这般接受礼物的场面见得太多太多，他们已有了习惯的笑容——长年累月，社会人士去福利院"关怀"他们的活动也许已使他们习以为常无甚感动。但有一个不一样，就是那位残疾的小女孩，她本来木然的脸上露出甜美的开心，她把自己的"逗逗小妹妹"紧紧搂在怀里，轻轻拍打着布娃娃的头，口里念叨着："逗逗，姐姐爱你。"孩子脸上那份真切的喜悦之情让所有在场的人都悄悄心动！

女士终于回过头来，不好意思地朝大家笑笑说："我太穷，就只能自己做布娃娃礼物。"

慈祥的老太太说："谢谢你，你的礼物是最好的礼物。"她的眼里分明有泪，"我们面对的大多是被家庭抛弃或遗失的孩子，他们失去了母爱，也可能失去了身体的某部分，他们没有感受过爱的滋味，但是我们不能仅仅去'补偿'他们以关爱，而是更应该教会他们去关爱别人。"老人又停顿片刻，转身对所有的人说，"不满足于'得到爱'，而要学会'奉献爱'。我觉得这位女士做得更佳，她贫穷，但她送了两份爱给孩子，一份是对孩子的爱，一份是博爱，是指导孩子去关爱他人的爱，她的礼物才是这些孩子们最需要的……"

真的，在失去了爱的人面前，施展你的爱心很重要，但引导他们去爱更重要！得到爱当然欣喜，但使他们去关爱他人，去奉献爱心，则可以使他们更快乐幸福。

"那位女士，"朋友告诉我，"如果没有记错的话，她是食杂果品公司的一位下岗女工。"

我顿了一顿，说："她是一位下岗女工，也绝对是一位好母亲，更是一位最好的老师。"

第三辑

透明的爱情

如果面对你的爱情，你一味地使用减法，再完美的爱情也会千疮百孔，毫无幸福可言。

# 计算你的爱情

在一次聚会上，一位对婚姻深有研究的心理专家决定对在座的人进行一次心理测试。专家说："请大家计算一下自己的爱情。你必须分别列出你的爱情的优点与缺点，每一项占一分，优点加一分，缺点减一分，最后统计结果即是你的爱情得分。"

大家领到一张白纸后马上忙活开了。每个人的纸上都写得密密麻麻，其实只不过是些鸡毛蒜皮的罗列。

情趣相投，加一分；两人收入高，加一分；他幽默风趣，加一分；他不抽烟，加一分；他给小狗喂食，加一分；他会哄人，加一分；她文化高，加一分；她脸上有酒窝，加一分；她从不胡乱猜疑吃醋，加一分；她对我父母好，加一分；她煮的菜好香，加一分……

没有住房，减一分；他身高只有一米六一，减一分；他爱喝酒，减一分；他上卫生间不关门，减一分；他的鼻毛长出鼻孔也不剪除，减一分；她睡觉前经常不刷牙，减一分；她写的字太难看，减一分……

很快，各自的统计结果出来了。奇怪的是，只有少数人的得分为高分，太多人的最后得分都较低，有的甚至出现了负数。高分者眉开眼笑，低分者垂头丧气。显而易见的是，得分高者都是感情幸福甜蜜的人，而得分低者都是感情不如意的怨男怨妇。

专家问："为什么你为自己计算出的得分那么低？"

答："因为我的婚姻感情太不幸。""为什么不幸？"答："因为他（她）有太多的不足。"专家摇头道："不是呀，不是你的爱情不幸，而是你为自己的爱情打分太低。"众人不服，说："错了，错了，是因为爱情不幸才导致得分太低。"专家笑笑，摇头，轻轻说："如果面对你的爱情，你一味地使用减法，再完美的爱情也会千疮百孔，毫无幸福可言……"

最美的情书，是不着一字。

# 老情书

　　我奶奶叫李氏，没名字，也不识字。但她写过一封长达5页的情书。

　　50多年前，奶奶靠一双小脚从湘西一个叫桐子坡的地方沿着弯弯曲曲的山路走了两天两夜，来到洞庭湖边的金盆桥。她是来成亲的，可是她在这之前与我爷爷连面也没见过。

　　刚踏进蔡家那低矮的茅屋时，奶奶吃了一惊。蔡家实在太穷，哪怕那天是我爷爷的大喜日子，桌子上除了一碗黑疙瘩似的啥肉外，只有几碗地瓜稀饭。奶奶红着脸抬头，看到了高大魁梧的爷爷，也看到了我爷爷热切的目光。奶奶心里一喜，地瓜稀饭和黑疙瘩似的东西就吃得格外有味了。入了洞房后，奶奶问："那肉真香呀，是啥肉？"爷爷红了脸说："老鼠肉，那家伙太狡猾，我花三天才在地里捉到两只……"新郎的话还没说完，新娘子已经呕吐得分不清东西南北了。

　　结婚三天后，爷爷要去江西萍乡煤洞里挑煤了。他将年老体弱的老母亲，也就是我的曾祖母交给奶奶，然后在奶奶泪眼汪汪中跟随村里另几个壮年人远走他乡。

爷爷一走就是两年多，杳无音信。那时，我爸爸已经出生而且开始学着喊"爹"了，而曾祖母的腰弯得更加贴近地面。我奶奶常常在煤油灯下一边擦眼泪，一边做着厚底布鞋。一共做了16双，一双一双叠在破旧的藤箱底。奶奶不知道如何把鞋子送到爷爷手上，她甚至根本不知道我爷爷那年那月在他乡何处——虽然爷爷走之前交给了她一张纸条，上面有萍乡的具体地址，但奶奶不识字，也不好意思请别人替她写信给爷爷。

又到年终，村里又有几个年轻人要去萍乡挑煤。奶奶脸红心跳地赶紧包扎了几双布鞋托他们带给爷爷。另外，又格外慎重地从胸前掏出一封信递给乡亲。厚厚的一封信，用手帕包裹着，折叠得方方正正。

几个邻里青年走在去萍乡的路上时，忍不住偷偷把奶奶的信拿出来看。他们傻眼了，整整5页纸，但什么字也没有，上面全部画满的是圆圈，一个又一个圆圈，好几百个，密密麻麻的……前4页的圆圈外无一例外都还添上了几根须须。最后一页依旧是圈圈，只是与前面不同，那是3个圈圈紧紧套在一起，两大一小，而3个圆圈外又添了没画完的半个圆圈。

什么玩意？邻里莫名其妙，本以为能看到热辣辣的文字或别的什么，居然是一些乱七八糟的圆圈。真失望！

他们总算到了萍乡，总算见到了我爷爷。我爷爷欢天喜地马上褪下脚上的破旧鞋子，换上我奶奶做的新布鞋。他在原地蹦了几蹦。不大不小，正合适，好暖和！

我爷爷听说我奶奶还写了信给他，等不及询问老家的情况，操起信便跑到偏僻的角落去慢慢看了。他甜甜蜜蜜地把信看了又看，心中那个喜呀，连邻里跑来问他到底那古古怪怪的信是啥意思他都忘了搭理！过了一天，爷爷兴冲冲地独自一个人回湖南老家了。

　　……我爷爷今年已经96岁，而奶奶已走了多年。每年奶奶的忌日那天，爷爷都会把那封收藏得严严密密的情书拿出来晒晒太阳，也会让我们饱一次眼福。我们看不懂那封信，我爷爷就细心地指点着纸上的圆圈对我们说："带须须的圆圈是太阳，就是一天的意思，最后一页没须须的连接在一起的大圆圈，一个是你曾奶奶，另一个大的是你奶奶，那个小的圆圈就是你爸爸，那大半个呢，是……正是那一天，收到你奶奶信的那一天，俺才知道你爸爸已出生了呀，俺家有小祖宗了呀，也知道你奶奶有多想俺了。"

　　接下来，我爷爷低低读信，声音明显带着深情与激动，我甚至可以听到爷爷那热切喜悦的心跳声——"过了一个太阳，又一个太阳，又一个太阳，又一个太阳……总共过了912个太阳了。俺和娘和娃都想你，想跟你在一起……"

连一个胎记都死死捂住，不肯示众，隐藏得那么深那么久，怎能说坦诚相待？

# 死于胎记的爱情

两个人的认识是 9 年前，成为朋友是 3 年前，而从朋友发展成为恋人关系则是 1 年前。大家都以为接下来故事的发展前景是，郎才女貌的他们理所当然会踏上红地毯，结为百年之好。但谁料事与愿违，结果却是，分手。理由：胎记。

胎记有啥稀奇？据最新医学证明，人离开母体刚降临人世时，十之八九会有胎记。只是某些人的胎记轻微得可以忽略不计，极少数的人才会将它"明目张胆"地挂在脸上、手上。大家纷纷指责男孩，你也太挑剔了，一个胎记就把人家那么漂亮的女孩拒之门外了，你这能算真正爱她吗？如果深爱一个人，就会将细小的胎记看作她身上的美丽标签。还有人半打趣半批评：她身上如果有胎记，更好，相当于现在的防伪标志，谁也代替不了……

再有意思的发言，男孩也不笑；再严厉的批评，男孩也不回头。他认定，胎记确实是小事，但保护胎记的态度就是大事了。哲人说过，态度决定一切。所以男孩有绝对的理由认定自己的分手是正确的选择。

女孩的胎记位置比较隐蔽，右肩膀正中央，乾隆通宝那般大小，颜色为青绿色。如果不细心打量，那无异于大海里的一滴水，一眨眼就忽略过去了；但如果紧紧盯着凝视，那胎记犹如恐龙，巨大得足以撑大一个人的瞳孔，尤其是一个爱漂亮爱虚荣女孩的瞳孔。问题是，谁会紧紧盯着一个胎记去仔细观察呢？所以说，一个隐藏得如此严密的胎记是难以见天日的，除非它的拥有者，也就是女孩特意让它暴露目标。

闲扯得太遥远了，这本是一个有关爱情的故事，还是回头来说爱情故事吧——男孩不知道女孩有个胎记。他们以前的交往仅限于泛泛之交，见面点头微笑而已，男孩对女孩的真情实况没有多少了解；后来，成为朋友，愈交往愈亲近。两人一男一女，但在别人眼中犹如两个兄弟或姐妹；再接着交往，爱情就悄无声息地来了。爱情要来，就相当于洪水猛兽，挡是挡不住的，大禹治水的顺势疏导法倒还行得通，于是就恋上了。

故事的发生地在长沙。长沙的年轻男女恋爱，似乎一律没啥新花招，就是男孩一个劲地为女孩买衣服，越是名牌越起劲地买；然后是好吃好喝，把女孩的肚子撑得圆滚滚的；再接着是游玩，哪里热闹哪里精彩，哪里就有恋爱者的背影——总结起来，只有两个字：花钱。钱花得差不多了，就该牵手，搂抱，再接着是……不用说了，循序渐进的恋爱故事在长沙城里年年月月就这样发生着。

夏季的长沙城有火炉之称，温度高得连狗们都将舌头耷拉出来。那年夏天，长沙的温度更上一层楼。男孩们穿着短裤汗衫走街串巷，女孩子则流行穿一种没袖子的裙子或上衣。但本故事中的女主角却从不穿这种无袖裙或无袖衣，男孩看着清秀柔弱的女朋友热得鼻孔里呼哧呼哧，细心体贴地提议："你也去买件无袖裙或无袖衣吧，那样凉快些。"女孩一扬眉说："别浪费了钱。"这个逻辑显然站不住脚，女孩平时用男孩的钱买衣服，哪次不花上千元，不一次性买上三五件才肯罢休呢，难道会为他节约区区一条裙子的花费？男孩奇怪，欲深究，但没结果。

真相是女孩的母亲偶然公开的。她说："我女儿的右肩膀上有个胎记，她从不穿无袖衣服，甚至稍微短袖的衣服她都不穿。"

认识了 9 年，朋友做了 3 年，相爱了 1 年，男孩竟然不知道女孩的右肩上有个胎记。男孩当场问女孩，女孩却当场训斥母亲："谁要你多嘴！"男孩想了一想，出门，告别，挥手而去。

男孩没将分手的理由公之于众，而是埋在心窝：如果连一个胎记也死死捂住，不肯示众，隐藏得那么深那么久，即便面对的是最好的朋友，甚至相爱的恋人，她都那般谨慎。这种人，怎能说坦诚相待？

男孩的分析我听过一次，不无道理，但我还是认为欠缺全面。这样补充或许更恰当：一个连胎记都不敢面对的人是脆弱的，生命中起码的韧性也没有的人不值得去深爱；一个拼命隐藏身体胎记的人，心上一旦有胎记一定会隐藏得更深。胎记并不可怕，可怕的是心底里的那份阴暗……

有时候，爱的表示，仅仅是一声悠长的呼唤："嗳——"

# 等你那声"嗳"

小时候，妈妈对我讲："等你长大，如果有位熟悉的女孩不再喊你名字，而是喜欢喊你'嗳'，那么，她一定是爱上了你。"妈妈的话是对还是错？我不知道，但我希望王小琴喊我一声"嗳"，可惜王小琴没动静，她一再变更我的称呼，就是不见那声悠扬的"嗳"，害得我一直不敢表白我的心意。

大一，我上课总迟到。王小琴走到我面前说："蔡同学，拜托你不要再迟到，否则你的奖学金要泡汤。"我坐在座位上仰着头左右前后转着圈运动脖子。我说："班长，奖学金泡汤就泡汤吧，我的那份全给你。"

大二，我成为系文体部长。王小琴没有升官，依旧是班长。她走到我面前道："部长大人，我们班女生想跟系里的女篮比比高低，你安排安排好不？"我回头，笑眯眯地说："不管输赢，你们请我吃顿剁椒鱼头，我保证把任务完成。"击掌成交。但最后班里女生输了，王小琴死活也不承认当时的约定，反倒喊我

"馋鬼"。

大三，我邀请几个同学去我老家乡下过暑假。我妈妈喊我："阿狗，你多照顾同学。"回校后，王小琴总在没旁人时细声细气唤我："阿狗，这里有块骨头，快来咬……"然后她就嘻嘻乐个不停。我为这儿时的小名被她大肆"运用"而气得咬牙切齿，起身准备武力解决，但她一下子跑得没了踪影。

大四，王小琴分配到深圳，我留在长沙。王小琴在我的毕业留言本上写道："姓蔡的小子，你曾经踢过我一脚，君子报仇十年不晚，我记着，你等着——你的同窗王小琴亲笔留言，公元某年某月某日某时。"

工作后一年，我辞职来深圳。巧的是，第一次面试便是王小琴的单位。三生有幸，我成了王小琴的同事。王小琴当众介绍道："这位蔡先生，是我老乡。"之后，人前人后，她都唤我"老乡"。

同事一年后，王小琴过生日。我听到她邀请了全体同仁参加她的生日晚宴，竟然没有邀请我。

我想提前下班开溜，免得看到他们去狂欢时我忍受不了伤心。刚出办公室大门，听到鞋跟咚咚响，有人喊："喂，你，你去哪里？"我没搭理，照样往前冲。嘹亮的声音追上来："喂，叫你呢，你聋子呀。"

我回头，望见王小琴满脸喜气洋洋。我问："你喊我？""不喊你喊谁？"我垂头丧气说："我又不叫'喂'，我不知道你喊谁。对不起，祝你生日快乐……"王小琴提高了嗓门说："就喊你喂，咋啦，我不但喊你喂，还要喊你嗨、嘿、嗳等等等，还喊你聋子、蠢蛋、胆小鬼等等等……"

我不听了，欢蹦乱跳起来。然后一溜烟逃跑了，王小琴在后面带着急切的哭音叫喊着："嗳，嗳，你去哪里？嗳，你跑干吗……"

　　我当然要跑，跑得越快越好。我跑到首饰店，买了一枚小小戒指。当晚，我将它套在了王小琴的手指上。那一刻，王小琴羞红了脸，靠在我的身上悄悄说："你总算开窍啦！"阿弥陀佛，善哉善哉，俺老妈讲的话真准呀！我心里说，我可没开窍，是你给了我"提示"，是小时候老妈就教会我的那招"听话听音"。

总以为对方是自己心里最深刻的爱恋，到头来，才知是生活中某朵细小的浪花愚弄了自己的心。

# 千万里追寻

蓓是我的同学，长得不好看，瘦弱矮小，鼻尖上还有几个雀斑。当恋爱风在漂亮女大学生中流行时，蓓始终没有盼来她的白马王子。

大四那年刚开学，偶然的机会，坐在蓓前面的一个男生与蓓说起了毕业工作后的打算。两人谈得投机，末了，男生突然定定地看着蓓的眼睛，认认真真地说："我发现你鼻尖上的三颗小豆豆长得好可爱……"蓓当即涨红了脸。就这么简单，蓓爱上了这个男生。

可惜迟来的爱情故事并没发生。爱恋只在蓓一个人心里发芽生根，蓬勃成长。而那个男生，后来与蓓说话都没有几句。之后，毕业，分配，各奔南北。蓓回原籍长沙，男生到了深圳。蓓在单位上班半年，左思右想，终于义无反顾也来了深圳。她下定决心要去寻找那个男生，告诉他，她爱他！

没有地址，没有电话，唯一清楚的只是男生肯定在特区。

蓓找了份工作，不顾劳累努力拼搏，她做好了长期奋斗的充分准备，甚至想到了十年八年也难以与男生碰面相逢。又说，相逢时除非对方已有妻儿她才彻底死心。

蓓一边工作，一边寻寻觅觅，希望在茫茫人海里邂逅念叨了千万遍的那个人。

也算是功夫不负有心人，三年过去，蓓竟真的与男生在深圳华强北路偶遇。迎面而来相互认出的那一瞬，男生蹦起来，异常高兴。倒是蓓很镇静，居然没有丝毫的忘形。她把相遇当作了理所当然该发生的事情，只不过，时间要么是早一刻，要么是晚一分。

半年后，蓓结婚。但，不是同那个男生，而是与单位一起打工三年的同事！

结婚请帖发到我手上时，我张口结舌！面对我的疑惑不解，蓓很平静地解释道："我一直以为自己爱他，等到费尽千辛万苦终于找到他，我才明白自己原本不爱他呀。我爱的，仅仅是大学四年里唯一得到的一句异性的夸奖……"

也许，这就是生活中最真切的爱情。千万里追寻，总以为对方是自己心里最深刻的爱恋，到头来，原来只是一时焦渴欢欣的感触，一阵莫名的思念，仅仅只是因为生活中某朵细小的浪花愚弄了自己的心。

相恋，只是一杯咖啡呀，而茶，却是一生的婚姻。

# 咖啡如恋，爱如茶

两个人的相识是在咖啡厅里。那天，麦加在等一位相约见面却久未到来的朋友。他恰巧坐在女孩旁边的一张桌子。女孩埋首低眉，白皙素净的一只小手拈着把小铜勺，缓缓搅拌着浅口杯里的咖啡，满头的秀发垂下来，遮住了半边脸。那模样，有着一种沉静与优雅。麦加看呆了，一动不动地盯着她，半晌没动。女孩终于感觉到麦加的注视了，抬头，扭头，看过来，轻轻一笑——何等精致的脸蛋！

朋友终究未至。麦加却与女孩一见如故。

女孩叫莎，莎爱喝咖啡。麦加自此常与莎一起去咖啡厅。麦加以前并不喜欢咖啡，他喜欢茶。

麦加的故乡在福建安溪，那是茶的王国，漫山遍野是翠绿翠绿的茶树。麦加生在茶叶世家。采茶，制茶，品茶，他样样精通。生活在茶香里的麦加哪里会不喜欢喝茶。但有了莎，麦加学着喝咖啡了。

只是，他始终品尝不出咖啡的味道。他总皱着眉头悄悄想，放方糖太多，咖啡太甜；放方糖太少，咖啡太苦。还有更麻烦的，总得加那个什么叫"咖啡伴侣"的东西，真是麻烦！除此之外，咖啡只有浅薄的清香而已，哪里比得上一盏茶？但莎爱咖啡，而且次次喝出千回百转的韵致，那模样麦加爱看。这就够了。麦加心甘情愿陪着莎跑尽了京城所有有名无名的咖啡厅。

大三那年暑假，麦加牵着莎的手回福建。经商成功的父母承包了偌大的好几片茶山，又开辟了茶山第二产业，那便是"绿色观光"。每个茶场都修建有茶庄，茶庄里可供品茶。麦加的母亲在一处美轮美奂的茶室招待莎，她亲自煮了一盏茶。那茶名贵，顶级铁观音，在全国茶博会上获过金牌的——当然，莎不会知道这些。

麦加说："妈，莎从不喝茶。"母亲"哦"了一声，却并不停止手中的动作，只轻轻地说一句："姑娘，很对不起了，我们这里没有咖啡或其他饮料。"

水沸了，母亲将之冲入早已沥好茶的紫砂壶里。第一遍水倒掉，再冲上沸水。母亲边演示边不停地说："……此谓茶的第一泡，你尝尝……"她将紫砂壶里的茶水均匀地斟到三个洁白的瓷杯里，端一杯给莎。

莎第一次看人家如此细致地"表演"茶道，她饶有兴致地看着，满脸微笑。她轻轻端起小小的茶杯，闻闻，清香扑鼻。闭上眼睛细细啜一口，马上吐了："呀，好涩！"她朝麦加吐了下舌头，扮个鬼脸，悄悄将茶倒了。

母亲已在紫砂壶里冲第二次水了："再喝喝第二泡吧，味道不同的。"莎喝尽了第二杯，果真味道不同，似乎有点甜，似乎又有些香。

第三杯、第四杯……莎不知道自己陪着麦加母子一杯接一杯喝了多少茶。渐渐地，她觉得无味，茶无味，人也无味。最后的那杯茶，的确是无味了呀，如同白开水，她再次悄悄地倒掉了。

暑假一晃而过。麦加欲返校了，母亲拉他到僻静处说："麦加，那女孩不适合你。"麦加惊疑地问："为啥？"母亲摇头道："她不懂喝茶。"麦加笑了，笑母亲的迂。不喝茶就不喝茶吧，不是人人都要喝茶的。她一个北京城里长大的公主一般的女孩，能跟乡下长大的自己相恋已是自己的福分了。

回学校后，麦加依旧陪着莎去喝咖啡。一次又一次，他渐渐习惯了咖啡的清香。大学毕业后，麦加不顾母亲的反对，留在了北京。过半年，与莎结婚。再过半年，竟然是——离婚！原因很简单，刚踏上社会的麦加工作不太如意，娇美的莎耐不住清贫的日子，竟傍上了一位已婚的大款。

是母亲去北京接麦加的。母亲没有指责，只是轻轻抚摸、梳理着儿子的满头乱发说："麦加，没啥的，咱回家。"又说，"还记得不，你小时候，我跟你说过的，茶有五泡，第一泡苦涩，第二泡甘香，第三泡浓郁，第四泡沉冽，第五泡清淡。过了第五泡，茶没味了，但细细慢慢去品尝，偏又是各种滋味皆有的……那姑娘不坏，她只是受不了生活中哪怕偶尔的苦楚。我留意过，她喝茶时将第一泡水倒了，也将第五泡倒了，更莫提第六泡、第七泡了……"

麦加无语，却卸下了铁烙火烤般的疼痛，心中渐渐明了：

咖啡永远是清香的，仅因加糖的多少而或苦或甜；而在一盏完整的茶里，却永远既有苦涩，又有甘香、浓郁、沉洌、清淡，甚至无色无味，谁能让一盏完整的茶只有其中一味，而没有其他的味？只有甘香与浓郁，而去其苦涩与清淡？相恋只是一杯咖啡呀，而茶却是一生的婚姻。

每个家庭，都应该有一本属于自己的"爱情年记"，默默地，明明白白地述说爱的一切温馨往事。

# "爱情年记"

那年年底某晚，妻喜滋滋地掰起指头数："再过几天是新春，过了新春是情人节。"那架势摆明是要我提早着手准备情人节礼物了。

那年正月初四便是情人节，我送予妻的礼物是枚铂金戒指。犹记那晚，妻带上新戒指一脸妩媚，笑眯眯地望着我说："要是天天是情人节就好啦！"这可是天下众多女人的"恶毒"心思！倘真如此，男人们还不日日喝自来水充饥？情人节时，一枝最不抖擞的玫瑰花也要10元呀！以我的建议，俺们中国最好根据12个生肖，12年一个轮回只过一次情人节得了——若真是恩爱情深，还在乎那年年岁岁一次的破节日？不过话说回来，今年情人节的礼物，我其实老早就琢磨开了，玫瑰是不会去买的，折枝月季花充数拉倒，年年送玫瑰或其他金额令我心痛的礼物我早腻歪了，今年我用心准备了一份新颖的情人节礼物准备送给妻——自己制作一本"爱情年记"。既省钱节俭，又精巧别致，还情深意长，更富纪念意义！

去文具店买来数张硬板纸，裁成统一大小，装订成册。每页左侧上方画一个红格子，格子右侧布满浅蓝色横线条，格子下方画一个个小方格……

一页页整妥之后，翻箱倒柜找往昔的旧照片，翻看过去的日记本，精心挑拣出一张"老照片"，贴在第一页大方格内，下面的小方格内则粘贴剪刀"加工"出来的小照片。右册蓝色横线条内开始书写——爱的萌芽。1993年6月25日，我在操场踢球，你正别有用心地走在球场边的法国梧桐树下。我的足球准确无误地击中了你的白裙子……

第六页写——爱的奠基。1995年8月15日，在长沙"新华楼"狼吞虎咽。列席者有你第一次现身的老母、小姨、小表妹，还有她喂养的一条京巴狗，取名"发仔"，小家伙比你长得还可爱。你老母打量我半天后表态：同意……照片张贴的是相应时候的"激情合影"。点缀的小照片是你张牙舞爪的生活照。

第N页写"爆发地动山摇的争执打闹……"；N加三页写"小天使横空出世，哭声嘹亮如同唱山歌……"最后一页空白，准备到情人节那天敬请妻高抬贵手，书写"读后感"，权当"跋"，亦即"后记"。

这样的一本"爱情年记"，又是一个"爱情读本"，是对"爱情的光辉历程"的回顾，是对美好未来的无限展望！情人节那天，万家灯火之后，我与妻缩在温暖的被子里，在粉红粉红的灯下阅读。

当时呀，别有一番滋味在心头！不用去管别人"有多少爱可以重来"，当翻看起那些旧日情怀，当年那些不曾刻意收藏的故事，经过时间的沉淀，带着清香与甜蜜准会细细密密涌上心来。

那一晚，我们那爱的激情在经过"婚姻的 N 年之痒"后重新燃烧起来。

流年似水，但流年里流淌的尽是往昔的风流与婉转。因有了一本"爱情年记"，我相信，再平淡的婚姻也会重新焕发出绵绵不尽的爱意……

一个对花草都如此多情善待的人，你想他会不善待我吗？

# 茉莉花语

听过一个女孩的故事。

刚去深圳的时候，女孩认识一个男孩，那时几个人一起合租在深圳的岗厦村。后来女孩找到了工作，走时女孩把自己养的一盆茉莉花送给了男孩。

5 年后，女孩在深圳布吉镇买了房。男孩因工作之故也搬到了布吉居住。搬家那天，男孩正抱着那盆茉莉花气喘吁吁地上楼，碰上了 5 年不见、正给客户送保险单后下楼的女孩……

女孩激动地说："他居然还留着那盆花，这 5 年里他搬了 9 次家呀，他竟然没有把花丢弃……"女孩脸上满是甜蜜的笑，"一个对花草都如此多情善待的人，你想他会不善待我吗？"

女孩叫萧敏，男孩叫袁东。如今，他们的孩子快牙牙学语了。

生命可以终止，时光可以流逝，唯有爱，永生。


# 一生一世的爱情


他与她用 8 年的时光来恋爱，从读书时代到工作之后。他们之间深深的爱令任何一个朋友都羡慕不已。

通过两人的共同努力，他们终于买下了一套新房。房子装饰一新后，新婚请帖送达各位朋友手中。

但世事难料，在他兴冲冲去迎亲的路上，刹车失灵——司机当即死亡，新郎在送去医院的路上因流血过多而停止呼吸！

所有的欢笑瞬间化作了震惊与哀伤，停滞在新娘的脸上！她被紧急送去了医院，三天后才苏醒。

朋友们日夜轮流守候着她，为的是怕她自杀。她笑笑，虽然脸上的笑很勉强，但还是显出坚强。她说："我没事。"

她真的没事。她依旧朝九晚五去上班，依旧绽放着阳光明媚的俏脸。朋友们有些微言微语了，指责她："他还尸骨未寒，你就忘却了当初的深爱。"很快，她竟然又开始恋爱了。男友是同一公司的同事，据说一直暗暗爱慕着她！朋友们愤怒了，背地里谩骂她：天下最毒妇人心！当初他和她共同的朋友们一个个疏远了她，发誓不再跟她来往。

秋天过去，冬天过去，第二年的春天，她结婚，去参加婚礼的人很少。当年的朋友没有一个。

再过一年余，她生下一个男孩，长得很结实。她却和丈夫抱着孩子去拜访已疏远自己的朋友们。她笑吟吟地面对冷漠的朋友，介绍自己的丈夫，再介绍自己的孩子："我们为孩子取名'念良'……"

所有的朋友都目瞪口呆。念良——那是曾经的他的名字呀！又听到她的丈夫在补充道："他其实没有走，一直生活在我们中间……"

什么是一生一世的爱情？这，就是！

第四辑

亲情的
高度

在母亲博大的胸怀里，除了装着对儿女的爱外，根本没有任何对子女的责怪和埋怨。

# 一生的悔恨

那年 12 月 20 日，是母亲 60 岁生日。接受了不少礼物与祝福的母亲万万没有料到，她最小的儿子送给她的生日礼物仅仅是一句话："娘，对不起。"那简简单单的 4 个字，其实已在我的心里憋了 10 多年。

20 多年前，我在湖南一所镇中学读书。离家远，只好住宿。母亲生了 6 个儿女，有两个在学手艺，3 个在读书，只有大哥能帮着父母种地。奶奶和外婆又都靠父母养着，负担重，家里穷，一次性把我在学校要上交的粮食和伙食费交清是不可能的，家里也就按月或两三个月由父亲送去一次。

一天，我正伏在课桌上午睡，有人轻轻推我。睁开眼，见是玲子。玲子是班上的文体委员，长得美，成绩也与我不相上下，争先恐后地比试着拿班上第一名。那时，我们两人都开始彼此有些淡淡的好感，用如今的话来说，我们应该是进入了"早恋"的角色。我们相约，拼命努力，争取考到同一个大学，然后……

　　玲子轻轻地说："外面有人找你。"我朝窗外望过去，见母亲正朝我招手——玲子坐在靠窗的位置，大约是母亲恰恰委托她找我了。我惊慌失措地站起来，赶紧跑出教室。我没喊母亲，却急急地问："你，你咋来了？"母亲说："你爸这几天身体不大好，我就替他给你送米来了，板车在下面……"

　　说完，她把一瓶装在玻璃瓶里的菜递给我："我给你炒了点肉，学校伙食差，你补补身体……"玲子一直在看我们，我有些紧张。不是怕母亲知道我有了"小女友"，而是——母亲长得矮小，又因劳累过度，头发已花白，显得那样苍老又憔悴。而母亲从不注意自己的打扮，那一天是大晴天，她竟然穿着雨鞋，一个裤脚高高挽起，一个裤脚却拖到地上。那模样多像一个捡破烂的或者乞丐呀！我担心玲子知道这是我的母亲！我接过母亲手中的装菜瓶子，没有说谢谢，甚至丝毫没有露出点笑容，一转身把菜递给玲子："我要去楼下接家里送来的米……"

　　我没有去想母亲一个人如何用板车把米从30多公里外的家拉到学校来的，虽然那只有不到50公斤的大米，但从家到学校全部是上坡的道路呀。我帮着母亲把米送到学校食堂，过完秤，恰恰午休时间结束。送母亲拖着板车往学校门外走时，玲子和一些同学正站在三楼教室的走廊上看我，她挥手："菜很好吃，谢谢！"我低着头快速送母亲出校门，才喊母亲："妈，以后爸要是身体不好，您就不要来学校送米什么的了，我自己回家去背就是了……"母亲欣慰地笑了，她以为这是她儿子的孝顺，用粗糙的手摸摸我的后脑勺，说："不要紧，只要你好好学，妈辛苦点不要紧。"那一刻，我的鼻子猛一酸，泪差点夺眶而出。

但我还是迅速转头，躲过母亲抚摸我的手。

回到教室，玲子燕子一样飞到我跟前，问我："那是谁？"望着她那张明艳的面容，我撒谎了："一个邻居大婶，她来这边办事，我家就拜托她顺便把米和菜带来了。"玲子笑着说："你妈炒的菜真好吃。"又说，"我看那女的对你挺好的，我起先还以为是你妈呢……"我慌里慌张连连否认。

一年后，我和玲子都顺利地通过高考，但并非同一所学校。玲子去北京，而我去广东。玲子去北京上学之前，强烈要求来我家玩玩。我阻挠再三，终于无奈地把她这位一直在镇上长大的"公主"领到了乡下。"倒霉"的是，还在村口，我就碰上母亲拉着放猪饲料的板车走过。玲子兴高采烈地喊："那是你家的邻居大婶，你快去帮她推车。"恰恰身边真有一个邻居骑着单车走过，对玲子笑着说："谁是他大婶，那是他妈呀。"

那一刻，我只恨地上没有缝隙。玲子狐疑地望着我，跑过去帮母亲推起了板车。待推上一个坡道，她转身，狠狠地盯着我好久，然后说了一声："想不到你连你妈都怕承认，你——"她甩手而去。

我站在原地，一动不动。我的心里陡然间充满了悔恨——这悔恨绵绵延延，永远留在我的心底，到如今，还是那样深刻和清晰！但是，我一直没有因此事而对母亲说一句愧疚的话，母亲也竟然从未提起这件令我悔恨一生的蠢事，她自始至终一如既往地关爱着我、牵挂着我……

"娘，对不起。娘，对不起。"我接连重复了两次。哥哥姐姐们面面相觑，他们不知道我为何要说这句"莫名其妙"的话来祝贺母亲的生日。但母亲明白，可她什么也没说——也许她把此事当作了心中永远的秘密，也许她早已原谅了我的愚蠢。她用颤抖的手擦去我眼中的泪，满脸笑容地说："没啥子，没啥子，娘今儿个很高兴，不要哭……"泪眼蒙眬中，我明白了，在母亲博大的胸怀里，除了装着对儿女的爱外，根本没有任何对子女的责怪和埋怨，哪怕像我那般曾经对她有过莫大的伤害！

娘，对不起！

月饼是甜的，又真的是苦的。其实当年那些劳累奔波一年却总是连肚子也填不满的日子都是苦的。

# 第一次吃月饼

我的童年在湖南乡下度过，家穷，父母生了我们 6 个儿女，再加上奶奶外婆，刚好 10 口人。十口之家靠父母两个拼命挣生产队的工分，再"勤劳勇敢"也是难混出名堂的。那时每年过中秋节，从没吃过月饼，我们六姊妹甚至根本没想过中秋是应该吃月饼的。节日的气氛靠吃自家腌制的咸鸭蛋来"烘托"——反正鸭蛋是圆的，外形看来跟月亮算是近亲。

咸鸭蛋平时是用来招待客人的，中秋节能让我们打打牙祭，已够我们乐翻天了。吃罢晚饭看看月亮，最多再跑到池塘边的柳树下坐一晌，听父亲反复讲那个吴刚砍伐桂花树的老掉牙的故事，然后回家上床睡觉，中秋节至此就算"胜利闭幕"。

母亲一再告诉我们："一年里中秋节的月亮是最圆的，中秋节家家户户要团圆……"接下来，母亲却来了个大转折，"过了中秋，年关就近了，哎——"作为"听众"的我不知道母亲为何叹气，年关一近，春节就来了，该是高兴的事呀。很多年后问起母亲的叹气原因，才知道年关一近，讨账收债的人将陆续上门，那是我们家弹尽粮绝的时候啊！

扯远了，说我儿时那品尝过的唯一一次月饼吧。当年村里有家姓谢的"大户"，有个儿子在省城"吃国库粮"，逢年过节他都能在单位分到不少宝贝——正是在他家，我人生中第一次尝到月饼。那年我大约五六岁，中秋节过了几天，母亲领着最小的我去串门。说是串门，其实是拿我们家的布票去交换他家什么东西——因为没钱，年年发的布票母亲总是拿一部分去换了米或油。"生意"成交后，谢家很高兴，拿出一个圆圆的东西塞到我手中。我望望母亲，见她点头后才紧紧地揣起那个香喷喷的宝贝。母亲说："这叫月饼。"

薄薄的，用透明的纸包着的圆饼，揭开纸首先看到白色恍若脚底皮屑的面粉片，掰开来是花生仁、芝麻、红糖等。没有双黄，连单黄都没有，也没有豆沙，说白了，连如今最差的月饼都不如。

但在当年，它让我们几姐弟的眼睛都鼓得圆圆的——那是我们第一次开洋荤见到月饼呀。

母亲小心翼翼地一片片揭下月饼外面的薄皮儿，捣碎，在干净的桌面上分成8份，6个孩子、两个老人一人一份。然后母亲再把饼儿一刀刀切成8份，还是一人一份——依旧没有父母两人的份。我们用牙齿尖轻轻地咬着月饼，入嘴后，不敢吞，用舌头尖去接触不休，等月饼屑把口水全都"引诱"出来，把腮帮子都充满了，我们才"难舍难分"地慢慢咽下去……那味道，该是世界上最鲜美的享受啊！

母亲坐在旁边望着我们吃，好久之后问："甜不？"我喊：

"甜。"而最大的姐姐说："不甜，是苦的。"母亲狐疑地望着她，当然不信。姐姐说："不信，你试试。"她将自己的月饼塞进了母亲的嘴里。

母亲疑惑地舔了一下嘴唇，笑了，说："你这妮子！"姐姐也哈哈大笑起来，她是故意哄母亲尝一口那香甜的饼呢。几姐弟明白过来，都争着往母亲嘴里塞了，说："妈妈，我的也不甜，你试试……"

说起来，那个月饼是甜的，又真的是苦的——其实当年那些劳累奔波一年却总是连肚子也填不满的日子都是苦的。我这么认为，我的母亲也这么认为。母亲时常说起过去，说那些年月真是苦呀，说完这一句，又说，而今真是甜呀！是的，只有把苦味道真正品尝到了，才知道什么是深刻的"甜"！

我第一次深切理解了一个词语：大爱无言。

# 家　书

多年前，我在一所民族学院读书。班上除了少数几个汉族学生外，大部分同学是少数民族，分别来自全国各地的山区。也许是家乡偏僻之故，几乎所有少数民族同学都很少有与家人通电话的时候，倒是信函往来极为常见。

作为班长，我的其中一个工作是每天午休前站在讲台上发信。念一个名字，上来一个同学取回自己的信。我留意过，"王强"这个名字从我口中吐出的次数最多，每周必有。王强是布依族，来自贵州黔南自治州。那些信正是从黔南发来的，估计是家书了。

那一日，我又发信，王强听到名字后喜滋滋地上讲台来取信。大约是信封边沿破损了，我的手刚抬起，里面的信飘出来——是一片树叶，在空中翻转几个来回，落到了地面。

大家惊异地看王强，他的脸唰的一下红了。

"……我父亲不在了，只有娘，但她是个盲人。我家就我一个儿子，娘老想我，我也想娘。我用勤工俭学的钱准备了好几百个写好地址的空白信封。对娘说如果她平安，就寄一片桉树叶给我。

"我收到信后，又将桉树叶寄回去，但不是一片，而是两片。干枯的桉树叶在水中浸泡湿润后，两片合在一起我娘能吹出很清脆的声音。我娘说，那样的话，她就知道我平安了。还有，桉树叶发出的声音像我呼喊她的声音……"

顿时，满教室寂静无声。我听到几个女生在抽泣。

那一天是 1992 年 8 月 15 日，我记得很清楚。那天，我第一次深切理解了一个词语。那个词语是：大爱无言。

每一样物件，都有一个长长的故事；而每一个故事，都让母亲苍老的脸上焕发出年轻的光彩！


# 母亲的收藏


　　午休的时候，我正睡得迷糊，突然听到母亲房间里传来哐的一声，接着是她的惊呼："哎呀！"

　　我迟疑一下，醒悟过来后马上翻身爬起跑向母亲的房间。

　　只见母亲正手忙脚乱地收拾着散乱在地板上的东西，而我那3岁的儿子则正站在一旁傻笑。不用说，肯定又是这小家伙闯祸了。一问，果真。儿子喜欢捣蛋，中午休息时从不好好睡觉，就喜欢四处乱翻。也不知他啥本事，将母亲收藏的一个月饼铁盒找到，并一把扔到了地上！说起那个铁盒，虽是原本盛放月饼的废弃盒子，但母亲把它当成宝贝一般存放着。我从没有询问过母亲那里面究竟藏着什么。是她用私房钱积蓄下的存折？是外婆留给她的金戒指？还是某个祖传宝贝？每每见母亲搬出那个铁盒，再仔仔细细一层层揭开包裹的红绸布时，我立刻蹑手蹑脚走远去，为的是让母亲能静静地独自端详自己的收藏。不能说我对那铁盒中的"乾坤"没有好奇，我也曾想悄悄去探个究竟，但最终忍耐住了。因为更希望自己能常常看到母亲欣赏收藏后心满意足的笑容，我怕自己的一时之错，使母亲失去了享受欣赏收藏的欢喜。

我呵斥儿子："混账，不是告诉过你吗，奶奶的东西不准乱动！"儿子不怕我，他深知我是纸老虎，一贯坚持动嘴不动手，决不会采用武力解决问题的，所以他不但不畏惧我的训斥，居然变本加厉嘻嘻笑着从地上捡起一个红布包。小手一拉扯，再一扬，红绸布马上散开了，一张纸飘了出来，恰恰落到我的脚边。是一幅人物画像！一个孩子的画像！

我弯腰，捡起，疑惑地问："妈，这是谁？"

母亲仰起头，满脸的皱纹舒展开来，尽是甜甜的笑："你忘记啦？是你自己呀。"

"我？什么时候的事情？我咋不晓得呢？"我凑近那张业已发黄的画像，认认真真地看着每个角落，脑袋里飞快地搜寻所有记忆。但我真的忘记了，纸上这个呆头呆脑的小家伙难道真会是我吗？而且，这个画像似乎还带着一脸的哭相。

母亲急忙收拾了地上散落的东西，招呼我坐到窗台边，用手抚摸着画像的边沿："那一年，你5岁……"

母亲絮絮叨叨地说着，脸上自始至终荡漾着阳光般的灿烂笑容。我越听越奇怪，我那年纪已过60岁的老母亲，不是炒菜经常忘了放盐，就是自己刚刚取下老花镜便找不着；不是上完厕所忘了冲水，就是把一句同样的话说了6遍竟然以为没说又想重复一次——母亲早已患上不时闹点笑话的老年健忘症，可她居然能把我近30年前的儿时往事记得一清二楚。哪怕我儿子总在旁边打断她的话，但母亲照样能条理清晰、纹丝不乱地讲述我的陈年旧事！

我渐渐记起来了，好像确实有这么一回事。那一年，老家的村里来了位画像的师傅，奶奶怕自己过世，要那人趁早为自己画一幅像，以便百年之后当遗像。而我，看奶奶的像画得很真，吵着要母亲也请人家为我画像。那时的乡村，很少有照相师傅上门服务，倒是画像师傅时常走村串巷去"找业务"。但除了老人为准备自己"万一"之后的遗像外，哪个年轻人会主动要求画像？何况是孩子！乡下人迷信，主动想着去画像，那是不好的预兆呀。

母亲说："你呀，那时就是又哭又闹偏要画像，你瞧瞧，你这像上不是还带着泪水的样子么。拗不过你，只好顺着你性子了。那时是夏天，你额头上正长着个大疖子，肿得好大一个。那个画像师傅也厉害，我们央求他后，他还真的将疖子隐去没画上。哎，当时我是傻了，要是能把你那个疖子也一同画上去，现在再拿出来好好看上一眼，那多好……"母亲意味深长地看我一眼，继续说，"看看那个疖子也好啊。记得后来为你挤疖子的脓水，你哭得那个凶啊，你奶奶和我两个人都差点摁不住你，看你哭，我和你奶奶都直掉泪……"

听到这里，我实在忍不住喊了一声："妈——"眼睛就湿润了。那些事，我几乎已忘得一干二净，但母亲点点滴滴牢牢记在心里。

母亲尴尬地朝我笑笑，我留意到她眼里其实早已蓄满了泪水。她别转头，悄悄擦拭了一下眼角说："好了，过去的事不提了。你看看原来的你吧，跟现在大不同喽……"

接下来，母亲一个接一个揭开了那些红绸布，我终于看到了母亲的所有收藏。一个生了铜垢的铜制胡须夹，母亲说那是她剪掉自己的两根长辫子卖了后送给父亲的第一件礼物；一根弯弯扭扭的细铁丝上缠满了早已陈旧的红头绳，母亲说那是现在早已寻不到了的头发箍，当初是父亲亲手做了送她的；我大哥被挑选去洞庭湖边拦湖造田时获得的一枚"劳动标兵"奖章；我姐姐的一条烧了三个窟窿的红领巾；我几个侄儿侄女外甥女婴儿时期张开嘴巴傻笑的照片；确实也有一枚戒指，那是我奶奶送给我母亲的柳叶形状的铜戒指……

每一样物件，都有一个长长的故事；而每一个故事，都让母亲苍老的脸上焕发出年轻的光彩！

望着白发渐上鬓角的母亲绘声绘色清晰明了地尽情诉说往事，我越来越明白，老母亲宝贝般收藏着的那个铁盒里——其实，又绝非仅仅只是在那个铁盒里，更是在母亲的记忆深处，在母亲依旧纯净如水深情似海的心底——真的收藏着太丰富太珍贵的东西，那是母亲满腔的爱，欢喜的心，还有她所有的美好时光……

有句话，一直藏在我的心窝里：妈妈，您的爱，我终于懂了。

# 懂了妈妈的爱

是5岁？6岁？还是7岁？我记不得了，真的记不得了。我记得的是，在一个寒冬腊月天里，我随妈妈去走亲戚。

在亲戚家待了半天。下午，我们走在回家的路上。天忽然下起了毛毛细雨，雨丝飘下来，直往脖子里钻，我冻得直打哆嗦。妈妈赶紧拉着我躲进路边一户人家的屋檐下，只盼雨停了，我们再往前赶路。妈妈解开手上提着的袋子，将特意准备好的破旧雨靴穿上，又帮我套上一双木屐——我家穷，我没有雨靴。

雨总算停了，但接着是一粒一粒的雪，再接着是鹅毛大雪纷纷扬扬。我们重新上路了，妈妈牵着我的手往前走。我脚上那双木屐，哥哥穿过，姐姐穿过，传到我时，还是有些大。即使穿着棉鞋套上去，也宽敞得很，我只能走得很慢。偏偏又起风了，真冷。我缩着脖子慢吞吞挪动脚步。

大约是到了半路上吧，我们走过一道狭窄的田垄。妈妈细心地斜着身子牵着我，只顾注意我，结果自己一不小心踩空了脚，晃了晃身子，打个趔趄，就翻倒在田间。我吓得大哭，喊一声"妈妈"，手本能地去扯她，结果右脚脖子一歪，也滚到田间去了。

田间水并不多，只是浅沟里尽是烂泥。我的双脚早抛开了木屐，我一直在小伙伴面前张扬夸耀的那双崭新棉鞋，经过妈妈不知熬了多少个油灯下的长夜，用手工做出来的黄色灯芯绒的棉鞋，也陷在烂泥里。我伤心地号啕大哭起来，嘴里拼命喊："妈妈，妈妈……"

妈妈赶紧爬起来，一把将我抱在怀里，一边吃力地弯腰收拾掉得好远的袋子和木屐，随便擦擦泥浆，对我说："爬到我背上去，妈妈背你回家。"

我趴在妈妈的背上，明明白白地听到她"哎哟"了一声。我抽泣着问："妈妈，我重吗?"妈妈回头看看我，笑："重，我家娃长大了啊，当然重了，但妈妈背得动。"

停顿一下，她又说："妈妈说一句'我们回家'，你应一声'噢'。"我轻轻地应了一声。

妈妈边走边开始念叨："孩子，我们回家。"我说："好。"妈妈又说："孩子，跟妈妈一起回家。"我喊："好。"妈妈还在边走边念叨着，而我的声音越来越低。妈妈的后背好暖和啊，我迷迷糊糊睡着了——很多年后，我才知道，妈妈怕我把魂吓丢了，她一路坚持不懈地念叨，原来是在为我"喊魂"，喊回我丢落在外面的"惊魂"。

到家的时候，家里已亮起昏黄的煤油灯。焦急的爸爸从妈妈身上卸下我时，我醒来了。只见妈妈一屁股坐在地上，脸上尽是汗水。她皱起眉头，右手努力去揉后腰："他爹，你快看看，我的腰怎么了，好疼……"

　　妈妈在床上躺了一个多月——来家里探望她的邻居都直吸凉气。谁也不知道，我妈妈在摔裂了脊梁后，如何能背着我走了整整 3 公里路！那是在北风呼啸的寒冬腊月呀！我根本没有去想象妈妈当初的艰辛与疼痛，我早已穿着重新洗刷干净的棉鞋玩耍去了。

　　时间一晃已是 20 多年。偶尔，爸爸和我的哥哥姐姐提起当年妈妈受伤后背我回家的事，妈妈会问："有那回事吗？哦，是有的，我的腰难怪到现在还不时疼一疼呢。"至于细节，妈妈早忘却了。而我，已年过 30 岁的我，却能马上清清晰晰忆起当年的一切经过。我记得妈妈那温暖的后背，记得妈妈反反复复的"喊魂"，记得妈妈回家后歪倒在地时满脸的疼痛，记得妈妈躺在床上边治疗边看我时眼里甜甜的笑……我总会悄悄躲进书房里，偷偷擦去脸上纵横交错的泪水。泪水淌过我的脸颊，凉凉的。而我的心里，暖暖的。有句话，一直藏在我的心窝里：妈妈，您的爱，我终于懂了。

在所有的爱里，父爱是最朴素、最平淡的。但，这更是另一种深情。

# 低头的关注

午饭后，我坐在折叠椅上逗儿子玩。身子一仰一仰，一不小心，椅子摔倒后自动折叠起来，而我趴在地上了。儿子咯咯咯地笑，可是很快又惊呼起来："爸爸，血！"

顺着儿子的小手指看过去，我吸了口凉气：左手肘关节处撕裂了两大块皮，鲜血直往外冒。母亲慌了，翻箱倒柜忙着找纱布、创可贴、云南白药；妻则连声说还是去医院好；父亲走近前，站在旁边看一看，但什么也没说，很快转身回房间休息去了；儿子始终盯着我流血的手，脸上满是疼痛的表情，好像那创伤是在他手上。见爷爷进房间去了，儿子仰起脸，眼巴巴地说："爸爸，爷爷不爱你，一点不关心你。你看，他走了。"

妻马上拍打着儿子的后脑勺道："尽瞎说。"我却心里咯噔一下，有点不痛快涌上心头。确实，母亲和妻儿都在为我的伤口手忙脚乱，而父亲，竟无动于衷地走开了。

我后来没去医院，这样的摔伤跌伤在生活中会经常碰到，止血之后就没啥了。我想，三五天过后，自会痊愈。血止住后，我进书房看书。可老看不进什么文字，心里总有股生气的感觉，我知道，那是因为父亲。

傍晚时分，我站在阳台上吹风。忽然觉得身边似乎有人，我稍稍侧转身子瞟瞟，竟看到父亲偷偷地弯腰低头，悄悄地在看我的左手……

我没有惊动父亲，假装对他的举动一无所知，但我的心底瞬间就潮潮的。我真的以为父亲是不爱我的，是不关心我的，其实并非如此。我了解妻对我的深情，了解母亲对我的关爱，关于父亲对我的爱，我以前从不了解。如今，终于明白了。

父爱，兴许没有太多的内容，没有丰富的细节，某些时候，只是某个默默无言的动作。比如，悄悄地，一低头的关注。但，这个动作，却足以包容一位父亲对儿女所有的关心与爱护！

谁曾仔细去感受过母亲眼泪里的含义？我倒是清清楚楚地阅读过了。

# 母亲的眼泪

11岁那年，姐姐领我去邻村她同学家玩。玩耍了约半个时辰，我就独自跑回了家。没人留意到我的惊慌失措，更没人看到我鼓鼓囊囊的胳肢窝。

傍晚，姐姐的同学闹到我家来了，骂我是小偷。我先死不承认，但最终还是战战兢兢从床下的瓦缸底下掏出了一本书。周立波的《暴风骤雨》，下册，定价5角2分。

在姐姐的一再道歉声中，凶巴巴的女孩终于拿起书走了。母亲指挥姐姐说："去搬把小板凳过来。"

母亲将板凳放在我面前，很轻很轻的声音："你坐下。"

我将膝盖弯曲了好久，好不容易才让屁股坐上了似乎满是木刺的小板凳。"抬头看着我……"母亲说。

我抬起头来，奇怪的是，母亲好久好久没再吐出一个字，我也没见到母亲扬起那厚实的大巴掌。

只是，我看到一滴亮晶晶的泪从母亲的眼角溢出来，一滴，一滴，又一滴，最后连成珠子，从母亲脸颊上流下来，又在下巴处悬挂成一颗亮闪闪的珍珠。珍珠越来越大，终于滚落下去……我疑心，眼泪砸在地上的声音很清脆很清脆，因为我好像听到它震响了我的耳腔。

母亲没去擦泪，也始终没有说一句话。就那样任泪水接连不断往下淌着，就那样盯着我的眼睛，一动不动。后来，站在旁边的姐姐开始抽泣，而我，则扑通一声跪在母亲跟前号啕大哭："妈，我再也不敢了，我再不偷书了……"

我一生中唯一的一次"偷盗"风波就此平息。母亲始终没有说一句责怪我的话，更没有打我。唯一的要求，只是让我老老实实看她的眼泪如何淌过她瘦削的脸。

谁曾仔细去感受过母亲眼泪里的含义？我倒是清清楚楚地阅读过了。那一天，母亲的眼泪里有责怪、痛惜、遗憾、愧疚和深爱。也许，还有更多更多，足以让浅薄无知的我用一生来慢慢思考——就这样，11岁那年，母亲无声地落泪，成为我少年时代记忆中最深刻的一幕。

普天之下所有年老父母的爱好，就是能与长大成人的儿女忙里偷闲聊天闲谈。


# 母亲的爱好


有个编辑打电话来约稿，题目：母亲的爱好。

我一看这题目就汗颜。我知道自己的爱好是看书写作，妻的爱好是旅游摄影，儿子的爱好是玩电子游戏乱涂乱画，但说真的，对于照顾、教育、培养了我 30 多年的老母亲的爱好，我竟一无所知。

没法子，我只能去问她了。晚饭后，难得与母亲同时坐在沙发上看片刻电视的我坐到了母亲旁边，问："妈，你有什么爱好吗？"母亲疑惑地看我："爱好？"我解释道："就是你喜欢去干的事情。"

母亲笑笑说："我喜欢看你们天天高兴的样子。"父亲打岔道："那咋能算爱好。"

母亲说："孙子蹦蹦跳跳的样子，我喜欢看。"父亲又打断她说："那也不算。"母亲又说："我喜欢帮你们做饭扫地洗衣呀。"父亲又说："那是你闲不住时自己要去干的日常事呀。"

母亲先摇摇头，再低头想想，眼睛望着父亲，脸上竟然红了小小一片，说："那我以前总喜欢替你温酒，算不算爱好？"父亲年轻时有天天喝酒的喜好，母亲就习惯了一到冬天，在父亲喝酒前用小铜壶在火炉旁将酒煨热。父亲也红了脸说："乱扯淡哩，那能算爱好吗？"父亲的话似乎在讥笑母亲，声音却瞬间变得温温软软。接下来，母亲罗列了一大堆她喜欢去干的事情，但通通被父亲否决，也遭到了我的否决。母亲的那些回答岂能算是爱好，那都是缝补衣裳、擦拭窗户、迎来送往、照顾父亲、牵孙学步、劝诫唠叨等五花八门的家常细小活计呀。

我提示道："妈，这些都不能算爱好。难道你就没有一点属于自己的特别喜欢去从事的工作吗？"

母亲终于泄气了："没有啊，我喜欢干的事就是干些能让你们祖孙三代整天高高兴兴的事……"

我心头一震！母亲60多年的光阴确实是在永不停息地为丈夫、为儿女、为孙子、为外甥，而独独忘了自己忙碌着：打扫屋子、洗衣做饭、照顾孩子，件件是细小的日常杂活啊，琐碎得足以让我们忽视母亲的爱！

当电视里出现"晚安"的字幕时，我和母亲仍旧在热切探讨她的爱好。等到困意袭来，抬头看表，已是凌晨近两点。我起身，赶紧去睡觉。

第二天一早，母亲精神抖擞地对我说："哎呀，昨晚睡了个囫囵觉，真香！"母亲以往一直有晚上失眠的毛病，昨夜没失眠让我很奇怪。我问："干吗昨晚就偏偏睡得香？"母亲笑吟吟地说："昨晚我们说话一直到深夜啊，整整4个多小时呀。好久没跟你们这样说话了！"

我一乐——有了，母亲的爱好不就是"说话"嘛。其实，这又是普天之下所有年老父母的爱好啊，能与长大成人的儿女忙里偷闲闲谈聊天，哪怕只是唠唠家常、聊聊小事，那也是他们最大的爱好、最大的幸福！

那半本《新华字典》，承载了贫穷年代我们对知识、对精神的饥渴，饱含了丰富的母爱亲情，理所当然成为我最珍贵的收藏品。

# 半本《新华字典》

一本《新华字典》，3角2分钱。那是30多年前的价格，但我家买不起。

父母生了6个儿女，家穷，偏偏奶奶又是一年接一年地生病，家里想方设法弄来的钱，全成了奶奶倒在家门前那条山路边的药渣。我家唯一的一本《新华字典》是一个孩子接一个孩子传下来的，到排行第六的我手上时，前面缺了39页，后面少了46页。我将这半本《新华字典》紧紧揣进书包里，眼边却跑出许多泪水来。

二年级时老师教我们查字典。看别的同学把崭新或半新但绝对完整无缺的《新华字典》翻得起劲响时，我只能呆呆地坐着。我的《新华字典》连起码的"拼音音节索引"以及"部首检字表"都没了，我如何去查？老师几次看我不动，以为我笨，骂一句，我依旧呆坐；再骂一句，我还是呆坐。也不知当年还很幼小的我如何就有了敏感细小的虚荣心。我不敢哭，也不敢说自己没有一本可以查阅的《新华字典》。但我一回到家，就躲在屋子里悄悄擦眼泪。我的性格也越来越沉默寡言了，在学校在家一天都难吐一个字。我见了别人的眼光还拼命躲闪，到后来甚至羞于抬起头来走路。

母亲终于弄明白我变化的原因了，轻轻地叹口气，在煤油灯下默默翻着少了太多页的《新华字典》，然后擦泪。也不知道母亲花费了多少时间，不识几个字的母亲竟然想出了一个绝妙的办法：抄一本完整的《新华字典》。半夜三更，母亲把被子里的我唤醒，用激动不已的急切口气告诉我："六娃，俺们没字典，可以抄写一本呀……"我翻身爬起，忘记了光着身没穿衣。心中那个欢喜，只差没有在地上活蹦乱跳起来。

总算等到了一个星期天，我好话说尽，从同桌那儿借回家一本全新的《新华字典》。母亲早剪好了一大叠纸，虽然大小不一，有烟盒纸、有牛皮纸、有哥哥姐姐们旧作业本子上裁下来的一点点空白的纸……母亲用扎鞋底的粗绳子装订在一起，让它们的基本模样看似一个本子。

我按捺住喜悦，连晚饭也顾不得吃就马上行动起来。可怜字典上的字我好多还不认识，只能按笔画仿照着写，这使我抄写得很慢很慢。字典上印刷的字体笔画都纤细如蚊腿，而我用铅笔写的字张牙舞爪偌大偌大的一个个趴在纸上。结果本来只有巴掌大的《新华字典》的一页纸，我必须用两三张自制小本子的纸张双面抄写才告结束。抄得眼酸手软时，我才抄写了四页。我停下休息，最疼我的大姐二姐又接连上阵替我抄写一阵……等到好不容易有十多页，我们却发现了一个愚蠢至极的问题——

我们的抄写是自己排页码，写满一页即标个数字，再接着抄写后一张纸。这显然与《新华字典》的页码大不相同。这样一来，如何才能正确地翻阅字典？

那一刻，我实在忍耐不住，哇的一声号啕大哭了，姐姐也抽泣起来。当时的场景后来曾多次清清楚楚地出现在我的梦中，次次梦醒之后，那份失望、难受的心情我都依旧清晰如初，而眼泪也总是如同断线的珠子一般流满脸颊。

母亲与我们琢磨好久，总算找到了"窍门"，重新依照《新华字典》为抄写的"字典"排页码。我的纸上画满了竖线横线，为的是标明与《新华字典》一致的页码。

我们开始重新抄写字典。在母亲的"指挥"下，后来是全家上阵。我抄写一阵，母亲喊醒睡觉的大姐，让我上床睡觉；大姐抄一阵，接着大哥、二哥、二姐、三姐，然后又是我……母亲自始至终坐在煤油灯下陪伴我们。等天边即将放白时，二姐摇醒了我说："弟弟弟弟，快起床，抄完啦！"我慌乱地滚下床，捧起我的"新华字典"就看。人生第一次感受到拥有一份"珍珠宝贝"的喜悦心情！

就这样，我们用整整一个晚上抄完了 50 多页（哥哥姐姐说最后面十多页附录的"简表"没用，我们没抄录）。那一时刻，最欢喜的莫过于母亲，她虽然通宵未眠，但早上依然精神抖擞乐滋滋地忙着给我们做了份鸡蛋汤当早餐。一个鸡蛋做汤 6 个人喝，奇怪的是，味道还鲜美得很！

那本特别的"新华字典"我只用了不到一年。小学二年级期末考试我考了班上第一名，学校奖品是一本崭新崭新的《新华字典》，定价 3 角 6 分。封皮艳红艳红的，很耀眼！但那本全家"制作"出来的"新华字典",我至今还保存着。回头去看上面歪斜丑陋的字迹,我感到既心酸又亲切。

那承载了贫穷年代我们对知识、对精神的饥渴,饱含了丰富的母爱亲情的半本《新华字典》,理所当然成为我最珍贵的收藏品,也将成为我家的"传家宝"。

奶奶的魂没有回来。我在土坡上坐了好久，看坟上的黄土慢慢爬高，最后变成高高的土堆了。

# 奶奶喊回我的魂

6岁时的一天，我在门前的灵光潭边与小伙伴玩水，不小心掉进了深潭。灵光潭是口池塘，但有处深潭，水极深。恰巧母亲在垄上，看我半天不出水面，吓得大呼小叫。比我大整整一轮的大哥跑来救起我时，我啥也不晓得了。

我被放在竹床上，哥哥一个劲地压我的肚皮。我吐了一地的水后，醒了过来。一抬眼，看到母亲与奶奶泪汪汪地望着我。这时，我才哇的一声开始号啕大哭。

那天深夜，奶奶与母亲陪在我身边，两个人絮絮叨叨不知道说些啥。我怎么也睡不着，一闭眼，总是有黑压压的水铺天盖地而来，我又开始哇哇大哭。我听到奶奶说："我还是去试试吧。"一会儿，我听到奶奶在门外大声呼喊了："满伢子，回来呀，满伢子，回来呀，满伢子，回来呀……"

奶奶喊了几声后，母亲就答应了："回来啦，回来啦。"

后来奶奶告诉我，那是喊魂。人的魂吓丢了，要喊回来呢，要是没有把魂喊回来，人就会去见阎王爷。我不懂，但我真的没有再看到铺天盖地而来的黑水。

18 岁那年，我参加高考，是学校的文科状元，超过重点大学录取线好多分，但不知道为何，就是没有见到我的录取通知书。等比我分数低的同学都入了大学，我还在等待。父亲听了周围人的提示，第一次往省城赶。9 月初，父亲用东挪西借的一千元去铺路，终于谋得一张中专录取通知书回来。那些日子，我烧了所有的课本，整天没精打采的。我多年的努力呀，我一直想去北京的，我报了许多北京的大学，却不料连大学的门也早对我关上了，更别说去北京。全家人提心吊胆，只怕我想不通。奶奶从她住的小叔叔家跑我们家来了，她总也弄不明白，为何考那么高的分数却没大学读呢，她一遍遍地问母亲和父亲。父母又哪里会明白。在乡下，那年月方圆几里也难出个大学生，但乡下人的朴实与实在往往让我们不明不白地吃尽了亏。许多年过去，当我与新闻界的朋友提起此事，朋友说："这种事常见，你的名额被人顶替了呗，一看你档案就知，乡下人有啥门路啥闲钱去申冤？"朋友的话我信，报纸上就报道过此类事。但当年我们哪里知晓，我一味地伤心，听到大学这俩字就掉泪，偏偏奶奶总不时询问父母，我就更加失魂落魄，朝他们扔东西发火，把家里好多东西砸个稀烂……

某天，凌晨时分，我还在眼睁睁地望楼板，忽然又听到奶奶在门外喊："满伢子，回来呀，满伢子，回来呀……"母亲在家里应着："回来啦，回来啦……"

那一瞬间，我的眼泪又涌出来了。第二天，我背着简单的东西去长沙了。在我们班，我是最后一个抵达学校的。那两年里，班长、团支书、学生会办公室主任、校刊主编、文学社社长……我当着各式各样的芝麻官，各式各样的荣誉证书也获得了一大摞，在1993届的湖南省供销学校里谁人不识蔡成？但有谁知道我在来学校就读前，我的魂都是奶奶帮我喊回来的。

也就是那年，94岁的奶奶走了。遵照她的嘱咐，我们把她抬到几十里地外的桐子坡，那是我们真正的老家。奶奶上山后，按乡下人的说法，亲人"回灵"要快——就是赶紧跑回家去，怕奶奶舍不得亲人，走得不安心。家人在理事的叫喊下流着泪走了，我却站在土坡上大喊："奶奶，回来呀，奶奶，回来呀……"

奶奶的魂没有回来。我在土坡上坐了好久，看坟上的黄土慢慢爬高，最后变成高高的土堆了。